刘少奇过苏鲁交通线

张文宝 著

江苏凤凰文艺出版社

图书在版编目（ＣＩＰ）数据

刘少奇过苏鲁交通线 / 张文宝著. — 南京：江苏凤凰文艺出版社，2015（2023.3 重印）
ISBN 978-7-5399-6705-9

Ⅰ. ①刘… Ⅱ. ①张… Ⅲ. ①纪实文学－中国－当代 Ⅳ. ①I25

中国版本图书馆 CIP 数据核字(2015)第 021077 号

书　　　　名	刘少奇过苏鲁交通线
著　　　　者	张文宝
责 任 编 辑	孙金荣
出 版 发 行	凤凰出版传媒股份有限公司
	江苏凤凰文艺出版社
出版社地址	南京市中央路 165 号，邮编：210009
出版社网址	http://www.jswenyi.com
经　　　　销	凤凰出版传媒股份有限公司
印　　　　刷	江苏扬中印刷有限公司
开　　　　本	880 毫米×1230 毫米　1/32
印　　　　张	5.875
字　　　　数	115 千字
版　　　　次	2015 年 3 月第 1 版　2023 年 3 月第 3 次印刷
标 准 书 号	ISBN 978-7-5399-6705-9
定　　　　价	25.00 元

（江苏文艺版图书凡印刷、装订错误可随时向承印厂调换）

目 录

永远不会忘记的历史/刘　丁 … 1

一　围着米汤色围巾的人 … 1
二　没进过学堂的小和尚 … 10
三　深夜偷情报 … 24
四　卞小兰该不该加入儿童团 … 35
五　夜半闹"鬼" … 46
六　小和尚有名字啦 … 54
七　跳墙偷鸡 … 63
八　红榜和白榜 … 80
九　枪的秘密 … 93
十　失踪的卞小兰 … 115
十一　卞福贵疯了 … 130
十二　小鬼子突然袭击了 … 140
十三　怕死不是儿童团员 … 155
十四　胡老师讲的最后一堂课 … 170
后记 … 180

永远不会忘记的历史

刘 丁

眨眼间,七十二年过去了。

岁月如歌。不该忘记的永远不会忘记。父亲刘少奇在东海县西朱范村那些战斗的日日夜夜永远无法忘却,至今犹在眼前。

1942年3月18日,父亲刘少奇化名胡服,一行九十余人由一一五师教导旅十三团(驻华中)团长周长胜率部护送,从新四军军部江苏阜宁单家港启程,沿苏鲁秘密交通线一路北上,在东海县原城头乡赵庄与前来迎接的一一五师教导二旅(驻山东)旅长曾国华汇合。4月10日顺利到达山东分局、八路军第一一五师师部驻地滨海区临沭县朱樊村(现属江苏省东海县南辰乡西朱范村),历时二十余天。此行受党中央和毛泽东同志的重托,解决山东问题。一路上,夜行晓宿,历尽艰辛,1942年4月至7月,在西朱范村工作生活了四个月。

在延安杨家岭我父亲曾经居住的窑洞里,我看见挂着父亲1942年与时任一一五师政委罗荣桓、政治部主任萧华等部分山东党政军领导人在山东省临沭县西朱范村(现隶属江苏省东海县南辰乡)的黑白合影,这是我父亲刘少奇抗战时期在东海县革命经历的缩影。

西朱范村位于沂蒙山南麓，是当时山东抗日根据地中心。父亲到后，来不及休整，随即开展了紧张深入的调查研究工作。他经常轻装布衣，走村入户接近群众，了解群众的想法和建议。此外，他还要求随行人员积极和老乡交谈，了解党的政策贯彻情况，群众的反映如何，指出开展群众运动的具体思路：群众运动应该以农民运动为中心，以减租减息、改善雇工待遇为中心。

父亲艰苦朴素、平易近人。那段日子里，他给战士们及群众留下了深刻的印象，这也是西朱范村乡间至今仍津津乐道的原因之一。

本土作家张文宝创作的长篇儿童文学《刘少奇过苏鲁交通线》，取材于这一阶段的老一辈革命家的斗争史。以化名胡服的父亲在苏鲁交通线上东海县南辰乡西朱范村长达四个月时间里，在受党中央和毛泽东主席的重托，解决山东问题之余，帮助孩子读书、引导儿童团员保护减租减息、战胜敌人的经历为主线展开故事情节，主要人物和细节以生活原型为基础。作品中采用了收集到的父亲在西朱范村办抗日小学，教育学生积极参加抗日活动，关心儿童成长，为少年儿童牵线办学堂，教少年儿童识字，成立儿童团，教育小孩懂得革命道理等等小故事。

张文宝同志以文学的视角，在史实的基础上，生动、艺术地再现了我父亲这段革命经历，让我仿佛置身于当年父亲战斗过的土地上。小说生活气息浓厚，情节曲折，感情饱满，人物生动，语言优美又通俗易懂，是对青少年进行革命传统教育的好教材。

用文学形式对少年儿童进行革命传统教育是个十分有效的

途径。革命传统是中国共产党的宝贵精神财富，是鼓舞人民群众特别是青少年奋发图强，积极为社会主义事业奋斗的巨大动力。

我们要珍惜革命传统，是革命前辈几代人前赴后继和艰苦卓绝的奋斗，特别是经过中国共产党二十八年的卓越的斗争，才取得社会主义革命的胜利，掌握了革命的政权，建立起一个崭新的社会主义中国。在中国共产党的领导下，又经过六十二年的社会主义建设，才初步把我国建设成为一个自立于世界民族之林的比较富强的国家。我们要万分珍惜！我们要加强对青少年的革命传统教育，继往开来，不断开创社会主义革命新事业，为建设强大而富饶的祖国，为中华民族的伟大复兴而不懈努力！

一　围着米汤色围巾的人

1942年3月,初春的夜晚,鲁南大平原一片寂静、干凉。

夜色完全笼罩着临沭县朱樊村的时候,天上弯弯的月牙散发着淡淡的光晕,像一层霜雾,数不清的星星被冻得瑟瑟发抖,像眼睛一忽闪一忽闪。村庄被扣在黑盆里一样,黑乎乎的,几乎没有灯火,家家户户,男女老少早早地上了床,蜷缩进被窝里。大路小路上没有人走路,偶尔,谁家屋里响起几声咳嗽,马上响遍全村。

这一天晚上,十三岁的"小和尚"又偷偷地跑到干大肖明桥的家,刚要推门进去,听见里面有不少人喊喊喳喳的讲话;眼睛贴着门缝朝里瞅瞅,见一盏洋油灯下围坐着一圈人,他们都是村里熟悉的大人们,有民兵干部,有黑柱的大、二狗的大、大桩的大、杏子的大、矮墩的大。灯芯滋滋地燃烧着,闪亮着昏黄的火苗,光亮映在他们十分严肃的脸上,个个大气不喘,安静地听着干大在低低地说着什么。肖明桥是民兵队长,他背影对着门外的小和尚。小和尚猜想着干大脸上的表情,这时,他一定是满脸乌黑,挺严肃的,让人几乎不敢看他。小和尚耳朵竖着,注意着听干大的讲话,那声音尽管低低的,还是能隐隐约约地听到:"来人要在我们村里待上一天一夜,我们要配合好队伍上的人,保证不出一点事,顺顺当当走过陇海铁路。"

杏子的大说:"保险起见,把几个地主看起来。"

黑柱的大说:"不用都看起来,我看把卞福贵看起来就行了。他的汉奸大女婿在上海被我们人枪毙了,他心里十有八九对我们不舒服,不得不防备。"

有一个村干部说:"卞福贵现在老实不少了。"

黑柱的大说:"狗走千里改不了吃屎。"

肖队长说话了,声音压得低低的,小和尚几乎听不清他在说什么。他埋怨着干大,一直把他当成不懂什么事的小孩,不肯放在心上,他和大人们背地里商量帮助八路军对付小鬼子的事情,遮瞒得不露一点风。小和尚心里清楚,干大是村里的党组织书记、民兵队长、苏鲁交通线上的秘密站长,他接送过几百号来自延安和苏北阜宁去延安的叔叔阿姨,护送他们跳过小鬼子封锁的铁路。他不认识这些叔叔阿姨,他们也不认识他小和尚,可他们对他像十分熟悉似的,笑眯眯的,用温暖的大手抚摸他的脸蛋和光头,有时会抱起他,惊讶地说一声:"哟,好几十斤重嘛!"小和尚从心里喜欢干大的朋友,干大给他们递上煮熟了的山芋、玉米棒和花生时,他会乐颠颠地帮着端上黑瓷碗里的盐巴,给他们蘸着山芋有滋有味地吃。叔叔阿姨没有告诉过小和尚,他们是干什么的,为什么到朱樊村,和干大是什么关系,可他知道他们是干什么的，要去哪里。他们和干大都是打小鬼子、汉奸和恶霸的。叔叔阿姨们一般在干大家里住上一宿，第二天晚上就会悄悄地离开。

小和尚在地主卞福贵家里放牛，到干大家里也不多，偶尔来了，肖队长把他搂在怀里又亲又吻，不肯放手。小和尚十岁的时候，干大曾严肃地说："小和尚，干大做的事和什么人来往，不要对外边人透露一个字，更不能对卞福贵家里大人小孩说，懂吗？"

小和尚抬手搔搔头上稀少的几根毛，点点头，说："我懂。"他特别懂事，不该吐露的话一句不会说，为这，干大高兴了，一次去城里回来时，专门给他买来一串酸甜的冰糖葫芦作为奖励。

这当儿，屋里的人都站起来了，要跟着肖队长朝外走。小和尚闪着明亮的眼睛，心想：干大他们今晚又要去接什么样的叔叔呢？他心突突地直跳，想悄悄地跟去看看。他知道干大他们是要去沭河边接人。他听说过沭河，可没有去过……

小和尚机灵地钻进黑色的夜幕里。

一天寒星，像一把碎玻璃熠熠闪烁。空气清冽冽地冷，小和尚呼吸一口大气，感到肚里冷飕飕的，眼睛却特别地亮堂起来，浑身都是精神。他望了望静静的周围，看了看朦胧的月光下几棵光秃秃的树干，见背着长枪的人群，排着一长溜的队伍，顺着窄窄的田间小道，悄无声息地朝南边走去。

小和尚轻手轻脚地尾随在队伍后面，他怕跑掉了鞋子，重新系紧鞋带子，弓着腰，与前边的队伍保持着不远不近的距离，躲

一　围着米汤色围巾的人

躲闪闪地朝前走。

茫茫的大平原，静得没有一点声音。匆匆赶路的队伍里没有人讲话，脚上的布鞋踩在土路上发出轻微的声音。朱樊这一带是非常特殊的地区，西距沭河三十多里，南靠陇海铁路四十几里，东靠县城有五十几里地。小鬼子和汉奸知道，这个地带是延安共产党人到苏北阜宁新四军的秘密交通线，山东鲁南一带的八路军经常神出鬼没地跳过陇海铁路，活跃在这一带。县城里的小鬼子轻易不敢随便下乡，更不敢到朱樊一带来，怕碰上八路军的埋伏。小鬼子和伪军是一年下乡扫荡一次，浮光掠影地走一走，维持维持乡村秩序。穿便衣骑脚踏车的汉奸倒有贼胆，闻到乡里村里有一点什么八路军的消息，一阵风卷来，闹得人心惶惶、鸡飞狗跳后，赶撵着几头小猪、几只小羊，拎上一两只鸡，骂骂咧咧，又一阵黑风去了。

小和尚跟在队伍后，三步并作两步地跑着，大人们迈的步子大，走得快，他跑上三步才能跟上一步，累得脸上朝下淌着热汗，手擦了，又挂下来，嘴里喘着粗气，身上冒着热气，厚厚的裤裆里，像失火一样热滚滚的。小和尚受不了，解开棉袄扣子，敞开怀，让硬硬的凉风吹着。呵，舒服，真舒服，他觉得不是在寒意逼人的早春里，而是在暖洋洋的晚春里了。

小和尚一边跑，一边后悔地想：应该告诉黑柱一声，他俩一块来就好了，他是我最好的朋友，一定会保守秘密的。他想，要是黑柱在身边，他俩有说有笑，不会觉得累，也不会觉得路远，浑身都会有精神……

刘少奇过苏鲁交通线

黑柱是小和尚的好朋友,他常常溜出家门,翻过墙头,跳进卞福贵的家院里,钻进小和尚的牛棚里。这里是他俩的天地,在麦草上躺躺,睡睡,打几个滚,坐在草窝里,听几只黄牛慢吞吞地咀嚼麦草的好听的声音,鼻子吸几口牛棚里麦草、牛粪混合的清新气息,听着黑柱讲着许多新奇的事情,深更半夜,一点不累和不困。

民兵们大步流星地朝前走。偶尔,有谁轻轻地咳嗽一声,肖队长低低地问:"谁咳嗽的? 想让小鬼子听见吗?"

在黑暗的旷野里,小和尚身边有干大和民兵们,可心里还是有些紧张,担心身后有坏蛋和什么大野狗跟着,咬了屁股。不时,他掉头望望,后面黑咕隆咚的,什么也看不见。他的心更加咚咚地狂跳着,脚步不由加大、加快起来。小和尚想追上干大,又怕干大发现,拉下乌黑的脸,撵他回村。黑柱要是知道我被撵回来,那笑话死了,会看不起我的……

小和尚仰起脸,看着天上的星星,它们像宝石一样闪闪的亮。他心里说:今晚的星星好像比以前多,密密麻麻,数也数不清。他脸上露着得意的笑容,骄傲地想:黑柱他们要知道我跟着民兵们到沭河边,会竖起大拇指说我了不起的,真佩服。小和尚自言自语地说:"我长大了,一定要有一杆长枪,叭叭地猛放上一通。"

夜色浓浓的。肖队长隐隐地发现队伍后有人。他警惕起来,悄悄地逼近过去。

小和尚以为自己做的事巧妙,不会被人发现。哪知,肖队

一 围着米汤色围巾的人

长火眼金睛,发现了,他两手攥紧小和尚双臂时,小和尚才知道被发觉了,逃跑已经来不及。

肖队长严厉地问:"谁让你来的?"

小和尚低下头,一声不吭。

肖队长恼火地说:"回去!"

小和尚一动不动,眼里包着泪水,想流出来。

民兵们围了过来。黑柱的大说情了:"队长,快到沭河了,让他跟着走呗,不会出事的……"

半晌,肖队长嘴里蹦出一句硬硬的话:"小孩子不听话哪行!"

小和尚很乖地走在队伍里。起初,他担心干大会一直不高兴,走着走着,忘掉了担心。肖队长迈着有力的脚步,身板挺得直直的,眼睛盯着前方,耳朵注意着周围的动静。

突然,肖队长放慢了脚步,手一举,对着队伍低低地说:"前边是沭河,注意隐蔽。"

肖队长一脸严峻,伸手拉住小和尚的手,用力有点大,小和尚疼得直咧嘴。他以为干大要说什么,可什么也没说。肖队长两眼紧紧地盯着前边。

小和尚看到了小鬼子的炮楼,干大拉着他伏倒在一条干涸的沟堰里,周围摇曳着密密的芦苇。这些芦苇不高,枯黄。沟堰不远的土坡下是沭河。这条沭河起自山东沂蒙山,又长又宽,站在河这边望不清那边的人,河水无风三尺浪,滚滚滔滔,蜿蜒流向东边,绕过连云港,进入黄海。

小和尚第一次看到沭河。多少次,他偷听过干大说起沭河,这是苏鲁交通线上小鬼子的第一道封锁线。他真想好好看看沭河,可又怕小鬼子发现,只能隐蔽在沟堰里。他恨透小鬼子,沭河靠着我们朱樊,他们凭什么来管着!

沭河两岸每隔几里路就有一座小鬼子的炮楼,亮着灯光的洞口是枪口,楼顶上飘动着膏药旗,一个小鬼子端着枪不停地转来转去,朝远处东张西望。

小和尚怕小鬼子发现自己,缩在沟堰里。

肖队长说:"不要怕,天黑,他看不见。"

肖队长大手摩挲着小和尚的脑袋,小和尚觉得干大的手无比温暖,让他身子一下热起来,胆子也大了,敢于抬起头看着沭河。

沭河上黑蒙蒙的,什么也看不清。蓦然,炮楼上探照灯一束强烈的光扫过来,照亮了河面,能看见一垄垄层出不穷、高高扬起的波浪。灯光下,沟堰上衰败的小草上一层白霜银闪闪,寒光逼人。小和尚紧张着,埋下头。

由远而近,沭河里响起一阵震耳欲聋的马达声,一只挂着膏药旗的小鬼子铁壳巡逻艇,呼呼隆隆地跑过来。小和尚听见了巡逻艇上小鬼子叽里咕噜的讲话声。

沟堰里死一般地静。小和尚暗想:沭河被小鬼子封锁死了,我们的人怎么过来呀?

巡逻艇过去了,偌大的旷野和沭河又笼罩在黑色里,一切恢

一 围着米汤色围巾的人

复了宁静。

小和尚学着干大的样子，眼睛盯着炮楼上站岗的小鬼子。

三更时分，天上的月牙斜到了西边。炮楼上站岗的小鬼子不见了，沭河里听不到巡逻艇的马达声了。肖队长从腰带上摸出一只蒙着红布的手电筒，朝对岸的芦苇丛闪亮三下，立时，那边的芦苇丛里也隐隐地闪亮出三下红光。

肖队长压低声音命令说："他们过来了，我们到河边接去。"

小和尚突然看见，一边的沟堰里跃出几十个八路军，他们与民兵们一样猫着腰，跑向沭河边。留在沟堰里的民兵，子弹上膛，枪口瞄准着炮楼，以防小鬼子发现情况，准备反击。

小和尚刚要朝沟堰上爬去，肖队长一把拉住他，说："在这儿待着，不要动！"

河面上出现两只小木船，木橹轻轻地拨拉着河水"哗——哗——"地响。木船划了过来。小和尚眼睛盯着炮楼上，生怕扛枪的小鬼子突然出现在炮楼顶上。他眼睛又看看河面上的木船，心里焦急地呼喊道：快划橹呀，快划橹呀，千万莫让小鬼子发现……

木船靠岸了，人都跳上了岸。一个瘦瘦的、高高个子的人，脖子上围着一条米汤色围巾，握了握肖队长的手。有人低声介绍说："这是胡服同志，你们喊胡老师行了。"

肖队长激动地握着胡老师的手，自我介绍说："我是交通站的肖明桥。"

刘少奇过苏鲁交通线

木船载着不少人回去了。肖队长带着胡老师爬上了河坡。小和尚看见回村的队伍比刚刚来时长多了,穿着灰土布衣裳的八路军,有的手里攥着驳壳枪,有的肩上扛着机枪……干大紧紧走在瘦高个子的人身旁。小和尚心想:这个人是谁呢?

二 没进过学堂的小和尚

昨天晚上，是小和尚从来没有见过的一个惊心动魄的晚上。这对于从敌人一层层封锁线里跳出来的胡老师说，仅仅是残酷战斗中的一个小小的插曲。昨天晚上，进了朱樊村，胡老师几乎没有睡觉，在公鸡打鸣三遍时，他稍稍合一合眼皮，天东边刚刚露出一点鱼肚白时，就又披衣起床了。

胡老师在院门前站了站，在村庄里走了走，看了看清寂的田野，抬手与早起下地的乡亲打个招呼，聊了聊话，又与民兵干部们见了个面。胡老师留恋陌生的鲁南亲切温馨的土地和质朴可敬的老百姓。他为了中华民族的生存，为了这一大片肥沃的土地，为了拯救水深火热中的中华民族四万万同胞，拿着枪杆，在敌占区，在小鬼子的眼皮底下，千方百计地消灭敌人，保卫自己的民主政权。胡老师热爱自己的父老乡亲，从内心里敬重他们，他多想常常地走进他们的屋里，坐下来，喝着他们的玉米粥，咬着香喷喷、甜津津、辣乎乎的煎饼裹大葱，膝盖碰着膝盖在一起热乎乎地谈谈心、唠唠嗑，听着他们发自内心的"嘿嘿"

笑声……可是，时间不允许，催促着他离开这里。前不久的一天，中共中央华中局书记兼新四军政委的胡老师，接到一封电报，是毛泽东主席从延安发来的，中共中央决定胡服回延安，参加中共七大。从中共中央华中局所在地苏北阜宁到陕北延安，有一千多公里的遥远路程，要穿越小鬼子和国民党反动派布下的上百条严密、险恶的封锁线，要跨越无风三尺浪、有风便咆哮的天堑黄河，还要翻越层峦叠嶂、荆棘丛生的太行山。昨晚秘密渡过的沭河敌人封锁线，仅仅是艰险而严峻的长途行军的第一步，马上要面临穿过的陇海铁路，更是小鬼子防范严密的封锁线。根据有关情报分析，小鬼子和汉奸、伪军正筹划在陇海铁路以北的山东革命根据地进行一次空前惨烈的大扫荡，他必须力争抢在敌人扫荡之前跨过山东地域。今天晚上他就将告别刚刚熟悉的临沭县地区，离开眼前的朱樊村。

胡老师呼吸几口乡间早晨含有草木、泥土清冽气息的空气，两手背在身后，脚步不紧不慢地向村前几棵合抱粗的松树踱去，眼睛盯着脚下被霜气打败凋零落下的松针，面色沉沉，想着什么心事儿。

太阳从朱樊村一层淡淡的雾气中慢慢升腾起来，温暖的光芒使田野间生机盎然。兔子在地里直直身子，竖竖耳朵，奔奔突突地窜跑着；各种叫出名儿或叫不出名儿的小鸟，在树枝上蹦蹦跳跳，摇头摆尾，喊喊喳喳，唱着一连串愉快的歌儿；村里一大群一小群的公鸡母鸡，在村巷里扇动翅膀，相互追逐；一座座茅屋上的囱子里，升起一缕缕弯弯曲曲的炊烟……

二　没进过学堂的小和尚

村子里慢腾腾地走出三只黄牛,小和尚骑在一只黄牛背上,手里摇着一根小树枝,去放牛。 他从来没有经历过昨晚那样紧张得让人心咚咚跳的事,没有走过那么远那么远的路,直到第二天早晨鸡叫时,才疲累得磕磕绊绊回到卞福贵家里。 他躺到当作床的一堆草窝里,马上睡着了。 天亮了,小和尚还在呼呼地睡着觉,他的东家卞福贵站在牛棚外就骂开了,说小和尚是"懒猪,是被养懒的,太阳已经升得多高,照着屁股了,还睡懒觉"。 小和尚惊醒了,抬起头,揉了揉眼睛,朝外望了望,见天已大亮,于是懵懵懂懂地爬起来,趿拉着鞋子,牵上三只黄牛出了大院子。

小和尚有一个干大,却没有亲大和亲妈。 他从妈妈肚子里落下来就是遭苦受难的,从小没见过大大,说是大大生病没钱治死了,裹着一张芦席埋下了地。 妈妈时常揩眼泪,日夜替有钱人家做针线活。 五六岁的小和尚背个粪箕子拣粪、拾柴、拾草、挖野菜。 冬天穿件破棉袄,光着屁股挨冻,夏天一丝不挂赤条条地烤太阳。 家里时常锅盖钉在锅子上,几天囱子里不冒烟。 小和尚懂事早,饿着肚子从来不喊一声饿。 小和尚八岁的一天,妈妈的眼泪像断线的珍珠一样簌簌地滚下来,拿着破衣袖擦着红肿的眼泡,喊一声"儿呀,今后要小心替人家放牛,妈是实在没法了……"从此,小和尚进了卞福贵家里,妈妈出村改了嫁。

十岁的小和尚没有一个真名字。 为什么叫小和尚,是他圆圆的脑袋上只长有几根头发,活像一只带有几根须的大土豆。

卞福贵常常奚落小和尚是个光头小和尚,笑话得小和尚低垂着头,羞红着脸,一句话也说不出来。

卞福贵讥笑小和尚时,他的小闺女卞小兰会不乐意,两眼瞪着他,说:"你老笑话人真没意思。人家要是笑话你呢,大耳朵像猪耳朵,蒜鼻子像猪鼻子,小眼睛像虾皮眼,你心里高兴吗?"

卞福贵朝闺女狠狠地瞪了一眼,气鼓鼓地说:"你这死丫头,怎能这样和大大说话!你反教了,我送你上学堂读书,练成一张铁嘴巴是来专门对付你大大的呀,还像我闺女吗!"

卞小兰嘴巴像小刀子不饶人,"你做得不对就不许人说?活该!"

卞福贵说:"光头和尚有什么好的……"

卞小兰说:"他诚实、勤快、善良,就是好……"

"你……"卞福贵气得嘴唇哆嗦,说不出话来。

小和尚在一边快活地笑了。

卞福贵常想点子克扣小和尚的工钱和吃的。小和尚恨恨地想,卞福贵有那么多的地、吃不了的粮食,为什么还盘算克扣我这个小孩?哼,如果不是卞小兰的话,小和尚也许早早离开了卞家大院。

卞福贵一共有三个闺女,大的嫁给了一个戴近视眼镜的有钱人去了上海,那个大女婿背地里为小鬼子做事情,害死过几个共产党人,后来被上海地下党处死了。他的二闺女被城里一个盐商的儿子娶走了,卞小兰是最小的,十二岁,在县城里读三年

二 没进过学堂的小和尚

级，现在兵荒马乱，卞福贵不放心，接她回来家里。

卞福贵雇用十三岁的小和尚干活，还不如对待一匹路上拾来的驴子。驴子好歹每天能吃饱草料，小和尚吃不饱肚子，每天给几个大缸里挑水，两个木水桶比他身子还要粗，挑不动也要挑，水桶压得肩膀肿多高，针戳一样疼。小和尚每天出去放牛，回来时，还要背着自己割的草料回来，如果背得少了，卞福贵和他老婆子就会你一句我一句冷嘲热讽地数落他。

卞福贵家里吃的和小和尚吃的是两个样子，他们吃的是白米饭，小和尚吃的是一半玉米面一半荞麦壳做的薄饼，喝的是玉米面稀粥，几泡尿一撒肚子里空空荡荡。卞小兰从城里回来，背着家里人，给小和尚送来白面馒头，催他快吃。有时他吃得贼快，馒头块卡在喉咙口噎得半晌缓不过气来，卞小兰连忙用两手轻轻地捶打他后背。

小和尚也好玩，扑蝴蝶、捉蚂蚱、摸鱼捞虾、网麻雀。他逮了两只大蟋蟀，用麦秸编了个小笼子，把蟋蟀装在里面，准备送给卞小兰。蟋蟀一叫，卞福贵听见了，跑过来，抢过小笼子，一脚踩瘪，嘴里飞溅着成团的唾沫星，骂道："你小和尚也配玩这个！"

卞小兰见了，气恨不过，抓住大大的衣襟，撒泼："我的蟋蟀，你赔吗，你赔……"

"这丫头，越来越不像话，不懂好歹，事事为小和尚说话。"卞福贵气归气，还是装着笑脸。在几个闺女中，他顶喜欢最小的这个，小兰聪明伶俐，长得疼人。卞福贵望望愣愣的小和尚，没好气地让他再去捉蟋蟀。

小和尚喜欢卞小兰，每天都想见见卞小兰。她早上早早起来，站在门前慢慢地梳头，这时，小和尚也早早地起来，站在远远的地方看她梳头。他喜欢卞小兰梳头的样子，一手理弄着长长的黑发，一手拿着木梳子从上朝下一下一下地梳着头发，那头发轻轻柔柔、飘飘款款，实实好看。小和尚心里舒服透了。

小和尚喜欢和卞小兰待在一起，背地里，他对卞小兰流着泪水说："我不会忘记你对我的好处……"

卞小兰连连摆手，说："你不要这样。你在我家干活，出力吃苦，我大还克扣你，做得过分了，我觉得对不起你……"

小和尚还是说："我不会忘记你……"

小和尚在卞福贵家里吃的苦还有一个人看见了，他就是肖队长。他可怜这个没大没妈的小孩，趁他出来放牛时，就拉他来家，吃些东西，冬天给他烤烤炭火，夏天用盐水给他洗洗身上密密麻麻的热疹子。小和尚很小心地问："你不嫌我丑？"

肖队长说："不嫌。"

小和尚说："卞福贵嫌我头上没毛。"

肖队长说："卞福贵不是我们一路人，我们是一根藤上的苦瓜。"

小和尚似懂非懂地点点头。

肖队长对小和尚说："你待不惯卞福贵家里就到我这来，怎样？我没儿没女，你当我干儿子。"

小和尚点点头,笑了,喊了一声:"干大。"

可是,小和尚没有住进干大家里,怕多了一张嘴牵累干大。

有时,肖队长知道卞福贵欺负小和尚,捋衣袖卷裤脚赶过去,当面责问卞福贵,为什么要对小和尚这么狠心、克扣,卞福贵被弄得满脸难堪,结结巴巴说不出话来。肖队长指着卞福贵说:"告诉你,小和尚是我干儿子,欺负他就是欺负我!"

这时,骑在黄牛背上的小和尚走到村前几棵松树前,抬眼看见一个身材瘦瘦的脖子上围着米汤色围巾的人低着头走路,小和尚好奇地想看看是谁。

正好,胡老师掉过身,与小和尚撞了个面对面。小和尚猛地一下认出来,这不是昨晚在沭河边看到的人嘛!

胡老师笑眯眯地望着骑在牛背上的小和尚,风趣地说:"小鬼,天刚亮就放牛了。"

"这是卞福贵的牛,不早出来他不让。"小和尚喝住牛,晃着腿,优哉游哉地说。

胡老师问:"卞福贵是谁?"

"卞福贵是我们村里最大最坏的地主。"小和尚气鼓鼓的,一口气回答了胡老师的话。

"噢……"胡老师点点头,若有所思。

小和尚说:"我认识你。"

"噢。"胡老师笑眯眯地望着小和尚,问,"你说说。"

小和尚露着一口牙齿,得意地说:"我昨晚去沭河边,看到你了。我知道你是做什么的，你放心，我不会对人说的，这是秘密。"

"呵呵，小小年纪知道不少事呀。"胡老师点燃一支香烟，慢悠悠地抽了一口，向小和尚招招手，说，"小鬼，你能去沭河不简单。下来说说话。"

小和尚麻利地跳下牛背，恭敬地站在胡老师面前，问："我喊你什么？"

"喊我胡老师。"胡老师笑着问，"你是谁家的孩子？叫什么名字？"

小和尚说："我没家，大大早死了，妈走了，我也没名字。我大姓李。卞福贵叫我小和尚，干大也这样叫。"

"噢……"胡老师一脸深思的表情，问，"多大了？"

小和尚说："十三。"

胡老师问："你干大是谁？"

"我们村的民兵队长肖明桥。"小和尚说。

"是肖队长哇。"胡老师点点头，又问，"识字吗？"

小和尚摇摇头。

"想识字吗？"胡老师轻轻地抽上一口烟。

小和尚不假思考地说："想，识字好。卞福贵家的小闺女卞小兰就识字，还读过书给我听哩。她有一个蓝布书包，里边有书有写字的笔。"

胡老师问："村里有学堂？"

小和尚笑了，"村里没有。大许庄有，小鬼子来后教书先生

二 没进过学堂的小和尚

就走了。胡老师，识字是不是好难？"

"当然了。"胡老师弹了弹烟头上的灰烬，说，"学文化有困难，困难可以克服嘛。每一个人的文化知识都是通过艰苦努力得来的，要有点蚂蚁啃骨头的精神。"说着，胡老师掰起了指头，"一天学两个字，明白这两个字的意思，那么一个月就是六十个，几年过后你就是秀才了。你有没有这个毅力？"

"有！"小和尚挺起胸脯，示威似的说。

胡老师说："我要对你干大说，想办法让你上学。"

小和尚眼睛发亮，喜滋滋地问："你真对我干大说？只怕你一走，干大就忘了。"

胡老师失声笑起来，有把握地说："我让你干大下保证行吗？"

正说着，肖队长和几个八路军叔叔风尘仆仆走了过来。肖队长看见小和尚，笑呵呵地说："你真行呵，大清早和胡老师谈起来了。"

胡老师诙谐地说："老肖啊，你这个干儿子不错呀。不过，我向你提一个意见，要给干儿子起一个真正的好名字，你也做一个真正的好大大！"

肖队长憨憨地笑一笑，有点不好意思地说："我只识几个蚂蚁爪一样大的字，怎起？嘿嘿……"

"干大，我放牛了。"小和尚跳上黄牛背，手里的树枝轻轻打一下黄牛屁股，黄牛颠颠地轻快跑起来，身后的两只黄牛跟着跑起来，屁股后扬起一溜烟的尘土。

刘少奇过苏鲁交通线

小和尚心情很不平静，异常地激动，头脑里总是想着胡老师，想着昨天晚上在沭河边看见的围着米汤色围巾的胡老师，想着刚刚对他说话笑眯眯的胡老师，想着胡老师对干大说自己上学堂的事，想着自己像下小兰一样，背上蓝布书包，里边有书、有写字的笔……

小和尚一点不知道，他坐在黄牛背上一颠一颠地胡思乱想的时候，山东的抗日形势发生了重大变化，小鬼子和汉奸、伪军，已经对抗日根据地展开了疯狂的大扫荡，共产党的地下交通站遭到了非常严重的破坏。

肖队长和几位八路军叔叔向胡老师报告了山东发生的情况，说暂时不能跨过陇海铁路，只有住在东海、临沭和赣榆一带，等待山东形势好转，再过去。

胡老师站起身，脸色严峻，静静地思考一会，踱了踱步，对大家冷静地分析说："为了安全需要，我们要化军为民。"他停了一会，手指指脑壳，说："我们化装，就要像老百姓的样子。北方老百姓有个特点，多数人喜欢剃光头。你们能作个'小牺牲'吗？"

"能！"几个八路军叔叔齐声回答。

"对！"胡老师满意地说，"有些人可能为剃掉自己的一头好发而感到惋惜，我也有这种心情。"

大家都笑起来。

"但是，"胡老师话头一转，激昂地说，"为了革命事业，我

二　没进过学堂的小和尚

们应该能做到不惜个人的一切。"他回头望一眼秘书小王，说，"记住，以后不要分伙了，大家吃什么，我就吃什么！"

胡老师又说："形势严峻，为了保密，有些事情不要随便议论，更不要叫我胡政委了，叫我老胡和胡老师。"

胡老师暂且要住下来了，跟随的人员不少，交通站安排胡老师他们住进一直空闲的一家大地主的三合院房子里。这房子有点古色古香，门前是一片树丛，两百米处有座小花园。

胡老师住在正厅里，还有几位八路军领导和秘书分别住在东厅和西厅。肖队长见胡老师住的地方几乎什么也没有，带着几个民兵干部，从家里抬来木床，抱来棉被和枕头。

胡老师看见了，沉下脸说："这是干什么，我们的群众纪律是什么？"

肖队长说："我们是党员，是组织的一部分，不是普通群众，照顾好首长是……"

胡老师摆摆手，连连说："不行不行，抬回去，我的床都铺好了。"

肖队长皱皱眉，不相信。

胡老师说："你们进去看看。"

胡老师的床铺确是收拾好了，两块门板一合，就是床，包袱里包着几件换洗的衣服，就是他的枕头。

肖队长不甘心，说："老胡，你这样对待自己，我们不安心，乡亲们也会骂我的。"

"就这样，把这个床抬回去。"胡老师不容肖队长分辩，推着他朝外走。随后又说,"把床抬回去后,你来一下。"

肖队长和几个民兵干部相互望望,苦笑着晃晃头,抬起床,回去了。

一阵儿,肖队长又赶回来。胡老师看着房前的小花园,兴致勃勃地说:"看看花园去。"

肖队长陪着胡老师边走边详细地介绍说:"这儿是清末武将王德胜的老家,他自从被慈禧太后封为'智勇巴图鲁'后,特别威风。他在这儿建了这座小花园,从江南运来许多怪石头和花草。这在苏北是第一花园呢。"

"是吗?"胡老师走到花园边,看了看被风雨剥蚀、面容颓败的花园,沉默起来。他陷入沉思中,喃喃地说:"这儿的老百姓生活也比较艰难呀!"

肖队长沉重地说:"有天灾就更苦了。"

"天灾加人祸,老百姓的生活当然苦。"胡老师若有所思地说,"只要赶跑了小鬼子,人民当了家,生活就会好起来的。下一步要动员一切力量开展减租减息,改善老百姓的生活,同时这有利于开展对敌斗争和发动群众,参加抗战。"

肖队长深深地点了点头。

突然,胡老师问:"你什么时候有了干儿子?"

肖队长笑了,"我一辈子没老婆,没儿没女,是光棍一条。小和尚没大也没妈,在卞福贵家里放牛,我看他可怜,就让他常来家里吃点喝点的,他就喊我干大,我也干脆答应下来了。"

胡老师说:"你干儿子很聪明。"

二 没进过学堂的小和尚

肖队长说:"是苦孩子。"

胡老师问:"他识过字吗?"

肖队长说:"没进过学堂。"

胡老师盯住肖队长,问:"那你怎么想的?"

肖队长满不在乎地说:"咳,那东西学不学有啥关系? 我是一心一意干革命的,儿子长大了也会一心一意干革命,我一辈子种地,他长大了也种地。"

胡老师站住了,脸上严肃起来,对肖队长一字一顿地说:"干革命不好好学文化可不行噢,它们可不是两回事噢。 现在我们打日本小鬼子,打国民党反动派,还要做发动群众、瓦解敌人的工作,没有文化就讲不好革命道理。 将来我们建设新中国,依靠的是孩子们,那时没有文化,没有大量的科学文化知识能行吗?"

肖队长脸红起来,不好意思地说:"老胡,看样子不识字是不行,道理让你一讲明明白白的。 不过,现在就是想给孩子识字,去哪找先生?"

胡老师笑起来,"我和部队上的同志当老师,怎样?"

"你……"肖队长摇摇头,"不行,你那么忙,怎么和小孩打交道。"

"这是大事。"胡老师郑重地说,"我的秘书小王重点抓学堂。 我们这个学堂叫抗日学校。 你这个民兵队长任务不轻哟,要让你儿子把村里的孩子组织起来识字,建立儿童团,站岗放哨。"

刘少奇过苏鲁交通线

"他们行吗?"肖队长不太放心。

"怎么,看不上眼?"胡老师笑呵呵地说,"你这个大队长不能犯主观主义哟,孩子也是抗日的一支力量……"

三 深夜偷情报

卞福贵两手相互套在袖筒里，猫着腰，耷拉着眼皮，在家门前晒太阳，他五十几岁的人，头顶上的毛几乎掉了一半。他看到村子里一下来了不少穿着老百姓一样衣服的陌生人，有的背着长枪，有的戴着近视眼镜，腰里别着小手枪，马上想到，八路军又来了。他正想数数来了多少人，看看有几个像当官的，猜猜他们当多大的官，这时肖队长走过来，盯了他一眼，他心里立即像老鼠啃的一样扑棱扑棱乱跳起来。他怕这个身体壮实的民兵队长，其实他没有得罪过这个身材魁梧的汉子，可他对自己从来就没有好感过。

过去没有民兵队伍的时候，卞福贵常去肖队长的地里和家里，别人见到他都老老实实地退到一边，还点头哈腰、满脸堆笑地喊他"大爷"，端来凳子给他坐，捧来热水给他喝。只有这个肖大汉子，对他不闻不问，无所谓的样子，自顾做着手里的活计。他有时喊："肖大汉子，今年收成不错嘛。"肖队长看他一眼，头也不点一下。卞福贵心里很不舒服。

姓肖的这个人，平时看起来不善讲话，只知不声不响地干活，可他专好管闲事。有一次，卞福贵和租用自己土地的佃户们为租子的事闹得脸红脖子粗、吵吵嚷嚷时，姓肖的跳出来，像只红脸好斗的大公鸡，说出的话一串一串像开机关枪似的，他姓卞的全家三张嘴顶不上他一张嘴，弄得他在人前满脸是灰，哭笑不得。气归气，可是卞福贵没法整治肖队长，他没租他一分地，没欠他一分钱。他曾经想接近，拉拢他，拎过几包点心上他家里，用体贴的话烘烤他的心，说他一辈子打光棍不行，尽管有一个干儿子小和尚那不是亲生的，老了会没有依靠，他要为他找一个会过日子的女人。姓肖的脸上没有一丝表情，无动于衷。他好尴尬，要出门时，姓肖的人还硬邦邦地说了一句让他抬不动的话："我有一个干儿子行了！"村里有了民兵队伍，姓肖的成了队长，他更是不敢靠近他。小鬼子来过几次，他心里真巴不得他们能一下子把肖队长抓走，可他和那些民兵鬼精灵，藏得无影无踪，小鬼子一走，又好像从地下一咕噜全冒出来。他有时真想领着小鬼子亲自抓他，可望了望辛辛苦苦积累起来的家产和田地又冷了下来，小鬼子在村里住不下来，八路军说来就来，若真的知道他通了小鬼子，那就是汉奸，还不一枪崩了脑袋。

卞福贵盯了盯肖队长走过去的背影，心有余悸地走回家里。

他的家院好大，院门又宽又高，两扇板门厚厚的，重重的，涂着黑漆，闪闪发光，既威严又庄重。大院子分前大院和后大院。他住在前大院的三间正厅里，东厅和西厅都是五间，没有

三 深夜偷情报

人住，里面摆放着大橱小橱，挂着画儿字儿，像花瓶似的供人欣赏。 东厅后边是小和尚住的大牛棚。

偌大的院子里几乎空无一人，小和尚去大洼放牛，几个长工去地里做事，卞小兰躲到村里什么背风向阳的草垛后看书去了，卞福贵的老婆子在屋里做着女人那套针头线脑的事儿。

恍然间，卞福贵觉得自己在家里像是一个多余的人，无所事事，想睡觉，可是太阳多高的又睡不着。 他想在院子里坐下来晒晒太阳，静静地喝一杯热茶，心里又烦躁不安。

是呵，他怎么能够心情平静呢！ 过去，他是多么风光啊，家里大车数十辆，长工几十号，土地上百亩，冬有皮袄，夏有丝绸，出门前呼后拥……可是，从共产党在这块土地上闹腾，他不得已缩起脖子老实起来。 树大招风呀！ 他几乎让长工走尽了，只留下几个来照应地里的活计，他和老婆子在家院子里也干点活，有时到地里做做活，那些皮袄、绸缎都藏进了箱子底，身上穿的是棉布衣服。 那几年里，他大女婿刚死，见到村干部时，他脸上就装出一副十分愤怒的样子，捶胸顿足地骂大女婿为小鬼子干事情，丧尽了天良，早死早好，他卞家没有出过这样的败类。 村里人对卞福贵的举动颇感意外和惊讶，说："卞福贵改肠子哪，现在立地成佛了！"听了这话，他好高兴，心想，身在人家屋檐下不得不低头，赶到共产党、八路军闹得不欢腾了，朱樊村那还是他姓卞的，大女婿的仇还是能报的！

卞福贵想得太多太多了，总觉得村里人用眼睛盯他是不怀好意，心里隐隐有一种不祥的感觉，以为他们有一天会突然冲进他家里，找他算帐，翻箱倒柜，搜刮家财。他常常睡不着觉，夜里做噩梦，双臂被他们捆绑起来，背后插着一块长长的亡命牌子，押到西大洼准备枪毙。不怕一万，就怕万一啊！卞福贵眼睁着睡不着觉时就这样胡思乱想，于是，他写信给上海的闺女，让给他买一支防身用的手枪，以备万一。闺女给他买到了勃郎宁手枪，急急忙忙送到家里。

这阵子，卞福贵想起埋在猪圈垫草下的手枪，就疑疑惑惑地怕有人发现，如果肖队长知道他窝藏手枪，那就天塌地陷了，会拆了他几间房屋，绑着他在村里游走示众。他不放心，走到一排猪圈前，在第四个猪圈前站住，朝里看看，几头大白猪懒懒地睡在麦秸上。他心里恢复了平静，踏实下来，离开猪圈，在院子里闲闲地东看看西瞅瞅。

老婆子从屋里走出来，见男人一副心神不宁、坐卧不安的样子，就说："在家坐不住，到外边走走呗，省得闷着慌。"

"哎。"卞福贵应一声，晃晃低着的头，拉开院门走出去。

村巷里有人喊喊喳喳的说话，卞福贵不想见到人，更不想撞见村干部，听到他们说话声心里会发堵、发烦、浑身不自在。他向村外走去，走到一大片寂寞的土地里。他还想向前走，走到那边大洼里。这时，他看见有一个民兵在大洼里站岗，就站住脚，没有朝前走。他知道，那个民兵看见他会用怀疑的眼光打量他，反复盘问，干什么，去哪里，不在家里待着，到村口转悠什么，最后用枪朝他一横，像撵狗一样把他赶回村里。

卞福贵站在旷野里，放眼望去，天高地远，风轻云淡。在似乎漫漫无期的寒冬里，小麦在土地里呼呼睡着，真不知道哪一天才能生长出来。他目光落到了不远处自家的一大片土地上。要是在去年，这时的卞福贵肯定会兴致勃勃地计划着每一块地里能有多少收成，会暗暗地向老天爷祈祷，保佑他全家平安，风调雨顺，五谷丰登。可是，现在他没有这个心思了，天变了，人变了，共产党毁了他雄心勃勃的计划。上海的大闺女捎信来说，共产党占领的苏中地区，对地主都搞起了减租减息，佃户们都抖起了精神。她说，临沭县是八路军时常去的地方，非搞减租减息不可……村里的小地主王登科、周自深平时做点事唯唯诺诺，担惊受怕，不图大业，现在可能听到了一点小动静，风声鹤唳，草木皆兵，吓得几乎足不出村。哼哼，他心大着呢，硬着呢！他是个聪明、消息灵通的人，能走遍全县的人，是一个将来能在城里开商铺的人。他气恨共产党的八路军，不过，他把气恨和愤怒全部装在肚子里，脸上一点看不出来。他在皮笑肉不笑地应付着共产党，在等待时机，盼望有朝一日变天……

卞福贵心里怕减租减息，村里只要来了陌生人，就担心是共产党的队伍来了。这一次，他看到村子里有这么多背盒子枪和戴近视镜的人，惴惴不安地想，他们不是搞减租减息的人又会是什么人呢？他心想，朱樊村如果搞减租减息，第一个倒霉的就会是他，他的地最多，房子最多，雇工最多，牛最多，收入最多，绝不会是王登科和周自深的，他们不好与他比的，他俩只能算个小地主、小萝卜头。

刘少奇过苏鲁交通线

卞福贵按捺不住地走进自家的地里，两脚在松软的将要泛青的麦地里走了走，心想，只要再有个把月，麦苗就能蹿出来、蹿得多高，地里就会青嫩嫩的一片、金灿灿的一片……

唉，卞福贵叹口气，从衣袋里掏出旱烟袋，挖一锅烟末，点上火，吸了两口，自言自语地说："这年头不顺啊。王登科和周自深有没有听到什么减租减息的事情呢？他俩有什么打算？"卞福贵没有心思抽烟了，把烟锅在布鞋底上磕了磕，两手背在屁股上，向村里的王登科家走去。

凑巧，卞福贵推开王登科家的小院门，见周自深也在这里，两人背靠着南屋墙，边吧哒着长杆烟袋边唠着呱。见卞福贵来了，他俩欠欠身子，脸上堆着笑，招呼一声："你来哪！"

"闷得慌，转了转。"卞福贵说，"你们唠呱哪。"

王登科的家门面显然比不上卞福贵的大宅院，王登科的家大门没有卞福贵的宽，也没有他的高，也没有他那样的气派。王登科和卞福贵虽是一个村里的人，却难得碰上一次面，更别说串门了。卞福贵是大户人家，财大气粗，遇到什么事，王登科和周自深都知道自己身子矮要让他三分的。可他俩有时也看不起卞福贵，和他搭着地界的人家没有不吃亏的，卞福贵占便宜惯了，把人家土地一点一点抠去，一点一点吃掉，觉得很正常。吃了亏的人都是哑巴吃黄连有苦说不出。王登科和周自深平日也吃占一点人家土地的便宜，但不像卞福贵下手狠毒！这阵儿，王登科想，卞福贵无事不登门，登门必有事。

卞福贵没有直接向王登科谈自己关心的事，而是拐弯抹角

三 深夜偷情报

地说:"老天爷有多少天没有下雨哪? 再不下雨就坑了。"

王登科和周自深没吭声,只顾滋滋响地抽一口烟吐一口烟。

卞福贵有一搭没一搭地继续说:"周自深怎么有空来呀?"

个子矮小的周自深小头小脸,戴着一顶很大的瓜皮帽子,眼睛有点风沙毛病似的,不时地一眨一眨。他见卞福贵问自己,就滋滋响地抽一口烟,吐着浓浓的烟雾,悠悠地说:"上午刚给地里浇过水,下午随便走走。"

王登科望着卞福贵脸上,有一点微微笑地说:"你抽一口烟吧。"

"我刚丢下烟袋,不抽。"卞福贵眼睛探询地盯着周自深,"你在村里听到什么了?"

"听到什么,没有呀。"周自深眨巴眨巴眼睛,眼泪沙沙地说,"你听说什么了?"

卞福贵晃晃头。

王登科迫切地问:"你听到什么了?"

卞福贵绷着脸皮说:"这不能瞎说,让民兵听见不得了。你们没看见村里来了不少人?"

"看见啦。"王登科和周自深几乎异口同声地说,"有百十号人。"

卞福贵故意绕圈子,问:"他们干什么来哪?"

王登科想了想:"要和小鬼子打仗。"

卞福贵说:"怕是来对付我和你俩的。"

"是吗?"王登科和周自深忘记了抽烟袋,浑身紧张,"他们对我们怎样?"

卞福贵说:"我那大丫头从上海来信了,说共产党对地主开展减租减息……"

"真的呀!"王登科顿时心乱如麻。

"减多少哇?"周自深打破砂锅问到底。

卞福贵说:"减多少,反正没你便宜,佃户占大便宜。"

王登科说:"他们不是说要团结我们嘛……我不愿意!"

周自深白王登科一眼,"你瞎做梦,小腿能扭过大腿?"

卞福贵说:"现在来的这股人不晓得是不是来干这事的。"

陡地,三个人心情阴暗不好,谁也不讲话,周自深和王登科一劲地闷闷抽烟,卞福贵眼睛望着天上快落的太阳不住地叹气。

三个人要散伙回家时,王登科对卞福贵说了一句:"我盯着你,你怎走,我就怎走。"

起风了,是一点小风,吹在脸上麻酥酥的冷。

在王登科家里,除了发一点牢骚外,卞福贵没有寻找到一点高兴的地方。他看不起他俩,遇到事情畏畏缩缩,生怕树叶掉下来砸破头皮。他心里想,村里要真的减租减息,对付共产党,对付肖队长,他一个人的力量是太小了,要和王登科和周自深绑在一起……

回到家里天已黑下来,卞福贵吃了饭,脚也不洗上了床。

老婆子唠唠叨叨说:"你这个人越来越邋遢,走一天路不洗脚。快下床洗脚。"

卞小兰给大大兑了一小木盆温水洗脚。他洗过脚,卞小兰泼了水,就要开门出去,卞福贵喊了声:"去哪,又到秃小子那里? 不去!"

卞小兰任性惯了,哪里肯听大大的吆喝,还要出门。 妈妈拽住她,好声地哄劝:"小兰,大大说得对,别和秃小子在一起,啊?"

卞小兰大胆地白了妈妈一眼,一扭身子说:"你怎么知道我找小和尚去? 神经病!"

"你说什么!"卞福贵气得从床上跳起来,使劲喊道,"越来越没家教了,臭丫头。 我撵那个秃小子滚!"

卞小兰身子一闪,出了门。

气归气,骂归骂,喊归喊,为了卞小兰,卞福贵真的不敢一下子撵小和尚出家门。 他睡在床上,翻身打滚睡不着,眼睛眨巴眨巴地想着心事。

老婆子问:"你有什么事愁成这样?"

他瓮声瓮气地回一句:"对你说顶个屁用,少多嘴,省得烦心。"

老婆子像哑巴一样坐在卞福贵身边。

屋门"吱"地响一声,卞福贵对着外间问道:"小兰吧?"

"唔。"卞小兰不冷不热地回了一声,脚步轻巧地走进房里。

大院子里静静的、黑黑的。 卞福贵望望黑糊糊的窗户,见身边的老婆子睡着了,小兰那边听不到动静,轻轻地穿上棉袄棉裤,下了床,蹑手蹑脚地走出屋。 他怕人看见,没有从大门出去,扒着两人多高的砖头墙跳出去。 他听人说了,外边来的人住在小花园那边的宅院里,就猫着身子,朝那儿跑去,想看看来的究竟是什么人,能不能打听些什么……

小花园里一草一木、一石一砖,卞福贵是那么那么地熟悉,是朱樊村最漂亮最引人骄傲的地方,他时常过来走走、看看、坐坐。

小花园边上隐约有几个晃动的人影,卞福贵心想,那是站岗的。于是,他躲躲闪闪的,绕过了小花园,向大宅院跑过去。在离大门不远的地方,他蹲下身子,朝前看了看,见死死关着的板门前有人站岗,他又绕过大门,转到院子后,见没有人,三步并两步跑到墙根下。青砖院墙不高,年久失修,有些破损。卞福贵两手扒住墙头上,想用劲一下跳上去,他两腿使劲跳了几下,都没有扒上去,嘴里倒吃了院墙上不少碎坷垃。

卞福贵眼睛在黑暗里朝四边望望,发现一边墙根有一棵碗口粗小树,不高,但梢头长出了墙头。他心一喜,跑过去,两手抱着小树干朝上爬,随后,脚踩着院墙,身子一纵,两腿骑到了墙头上。他猫着腰,眼睛朝院子里瞅一瞅,黑糊糊的,没有人,只有向南的正厅窗户里亮着灯光。这时候谁还没睡呢? 是站岗的人在里面,还是当官的正在开会?

卞福贵想跳到院子里看看究竟。这时,偏厅里亮起了灯光,接着门被推开,出来三个人,一个进了正厅里,两个在院子里端着枪来往走动。妈呀,卞福贵心一下子绷紧起来,幸亏没有跳下去,如果被看见抓住怎了得呀! 他顾不得墙头多高,也想不起再抱着小树朝墙头下跳了,身子一歪就掉下来了,屁股重

三 深夜偷情报

重地跌在地上,泥坷垃垫得屁股针扎一样地痛,疼得直咧嘴,可没敢哼出声音,爬起来,手捂着屁股,顺着来时的路跟跟跄跄跑走了……

四　卞小兰该不该加入儿童团

　　肖队长对儿童团的事不感兴趣,小孩子在一起不是瞎凑热闹吗? 他们站岗放哨,能认出好人坏人? 不过他还是听了胡老师的话,郑重其事地对小和尚说,老胡同志要他支持办抗日学校,他要小和尚这两天把村里的孩子组织起来识字,建立儿童团。

　　一听这话,小和尚神采飞扬,心里欢喜得像开了一朵大红花,照红了脸。

　　肖队长不放心地说了一句:"建立儿童团是好事,在一起不能瞎胡闹。"

　　"怎瞎闹呢,我们天天站岗放哨。"小和尚认真地说。 他急切地想将这高兴的事情告诉卞小兰、黑柱、矮墩、大桩、杏子他们,让他们也早点高兴高兴。 嗨,卞小兰他大有钱能让卞小兰背书包上学堂,今天我们也能进学堂了! 小和尚还想急切地告诉他们,昨晚他去了沭河,看到了沭河和小鬼子的炮楼、铁壳巡逻艇,他想看到卞小兰、黑柱惊骇地瞪大圆圆的眼睛说:"真是这样的啊！你紧张害怕了？"他要两手卡着腰，满不在乎地晃晃头，说："怕什么，和民兵一块盯着炮楼上巡逻的小鬼子，他要发现我们哪，那八路军和民兵就朝他们开枪呐！"

太阳红红的，挂在树梢上，鲜艳壮丽。

小和尚像一阵风似的很快将上抗日学校识字和建立儿童团的消息告诉了矮墩、大桩、杏子、二狗子他们，又带着兴奋得又蹦又跳的他们，像一群燕子似的叽叽喳喳朝村西的大洼飞去。小和尚知道，这时在村西头远远的大洼里割草的黑柱还没回来，太阳不落下地边，天色不晚，黑柱是不回家的。

在远远的地方，小和尚看见了披着太阳红红余晖的黑柱在割草。

小和尚他们边跑着，边两手套在嘴巴上，一条声地喊："黑柱——"

听见喊声，黑柱发现了小和尚他们，就向他们招呼："来呀——"

大洼是一大片河滩洼地，春夏季节雨水多，河水就淹没了大洼，白汪汪一片。没有大水的时候，也不长粮食，长着各种草，又嫩又肥，远远望去，碧绿生翠，地毯一样平坦。小和尚和村里的孩子放牛都跑到这里。现在三月初春，大洼里没有水，没有风，没有声音，安安静静。小和尚他们在枯瘦的草丛里扑拉扑拉的跑动声，惊动了草丛里的几只小鸟，它们惊惶地扑棱扑棱翅膀，从枯草里飞腾出来，斜着身子，冲向天空。

黑柱正在捆绑撂成一小堆的干草。小和尚跑向前，从背后一把搂住黑柱脖子,掩饰不住喜色地说:"我们要上学了。"

黑柱莫名其妙地望望小和尚,"你要上学?"

小和尚说:"我们一块儿上学。"

黑柱不相信,"去哪儿上学?"

"真的。"小和尚焦急地说,"二狗、大柱、矮墩、杏子都上,不信的话,你问问他们。我干大说,是八路军给我们办的抗日学校。"

二狗和杏子抢着说:"我们要上抗日学校了,专门跑来告诉你的。"

"小和尚,讲给我听听。"黑柱认起真来。

小和尚高兴的话儿满肚子,可话儿到嘴边又犹豫地收住了,他看了看黑柱,用小心的口吻说:"我告诉你,要为我保密。"

"怎么了?我们是最要好的朋友。"黑柱奇怪地盯着他,点点头。

小和尚神情严肃,低低地说:"你要是让旁人知道,我们就不是好朋友。"

黑柱受小和尚神情感染,严肃起来,"行!"

小和尚说:"我刚刚告诉二狗他们了,昨天晚上我去沭河了。"

"真的呀!"黑柱吃惊不小。

小和尚说:"谁骗你呀!我和民兵去的。那边来我们人了。有一个胡老师对我才好呐,就是他叫我们上抗日学校学的,成立儿童团,站岗放哨。"

"真的呀！"黑柱高兴得一把搂过小和尚，滚倒在干草地上。这时，二狗搂住杏子、矮墩搂住大桩一起倒在干草地上，像碌碡一样滚压起来。他们一起喊道："我们上学啦——我们上抗日学校啦——"

黑柱突然抬起头问："小和尚，胡老师干什么的？"

小和尚说："他脖子上围着一条围巾，是识字先生。"

黑柱问："是比你干大还要大的官吗？"

小和尚绷紧着脸说："他身边的人身上都有小手枪。"

二狗子说："大官才有手枪。"

矮墩说："胡老师是最大最大的官。"

小和尚说："我干大不许我们乱说。"

二狗两手遮掩在眼上说："不说不说了，再说是小狗。"

黑柱伸一下舌头扮个鬼脸，从草地上爬起身，说："他们住村里？"

小和尚坐起身，"住小花园那边房子。胡老师真奇怪，干大他们喊他老胡，我们叫他胡老师。他身边的八路军小王叔叔要当我们识字先生，我干大答应东屋做抗日学校，村里的小孩都去上学。"

小和尚时不时地向黑柱他们瞅瞅，在心里忧虑着一件事，说不说呢？他鼓着勇气，终于说："卞小兰也要上学，进儿童团。"

"那怎么行！"黑柱立即瞪圆眼睛，喊道，"她是地主家人。"

顿时，小和尚脸像张红纸一样，嘴里结结巴巴说："卞小兰是好人，和卞福贵不一样。"

黑柱说："她再好也是地主家人。她姐夫还为小鬼子做事情，被我们人打死了。"

小和尚说："她骂过卞福贵，还骂过她姐夫。"

黑柱站起身说："卞小兰是你好朋友，你不要为她讲话呗！"

二狗鼻子上挂着稀稀的黄涕，用手抹一把，说："儿童团像民兵一样，要站岗放哨，地主家的人不能进来！"

杏子甩着两个小黑辫，"她进来说不准会使坏点子。"

小和尚站起身，歪着脖子，叽叽咕咕说："你们不喜欢她来，我也不参加了。"

黑柱睁大了眼睛，"你是穷人，和地主站到一起了？"

"不对！"小和尚涨红脸说，"我没和地主站到一起，卞小兰是好人。"

半晌，小和尚和黑柱他们嘴巴撅得高高的，都不说话。

太阳掉到天西边了，大洼里黑清清的，像蒙上一层轻轻的黑纱。

小和尚一个人不高兴地跑着回到村里。黑柱背着一捆草和二狗他们远远地跟在小和尚后面，没精打采地朝村里走。

天黑了，家家都在忙做饭。

吃晚饭时，小和尚看见了在正厅里和卞福贵说说笑笑的卞小兰，如果在平日的话，他会站下来和她打一个招呼，甚至招呼她出来说几句话，迫不及待地告诉她村里要成立儿童团和办抗日学校的事。这阵儿，不知为什么，他见到卞小兰心里像揣了

四 卞小兰该不该加入儿童团

一只活蹦乱跳的小白兔,怕见她,怕她看见自己,见了心里会紧张。

小和尚吃了饭后,扔下碗筷,马上跑到自己的牛棚里,躺到松软暖和的草窝里,两只眼睛在黑暗的牛棚里眨呀眨呀,脑子里使劲地想啊想啊:小兰怎么就不能参加儿童团,怎么就不能上学堂? 我说错了吗,真的像黑柱说的一样,站到卞福贵一起了吗?

从来不知道愁是什么滋味的小和尚,头一次在草窝里苦恼起来,身子不时地翻过来倒过去,嘴里不时地粗粗叹息。

对,问问干大去! 想不出一个头绪的小和尚,在焦急时,终于想出了一个办法。

出了卞家大院子门,小和尚一溜小跑,拐了两个弯子,进了肖队长的小院子里。 肖队长正在锅屋里烧水。 小和尚冲进锅屋里,见肖队长蹲在锅灶前正往灶膛里递烧草,灶膛里的草火呼呼啦啦烧得正旺,火苗长长短短的,通红通红,映得一个屋里像晚霞烧似的通红明亮,肖队长沐浴在红光里,脸上红里生光,像铜铸一样。

"干大!"小和尚亲切地叫了一声。

"小和尚呀!"肖队长朝灶膛里递一把烧草,望了望干儿子。

小和尚蹲在肖队长身边,望着灶膛里满满通红的火苗,说:"干大,我有事呢。"

"什么事?"肖队长刻着一道道深深浅浅皱纹的脸庞,在鲜艳通红的火光里显得格外生动。

小和尚说:"成立儿童团、办抗日学校,卞小兰能不能加入?"

铁锅里的水烧开了,冒着大团大团的雾气,很快,屋里弥漫着浓浓的雾一样的水蒸气。肖队长熄掉灶膛里的草火,站起身,拍拍身上的尘土,盯着小和尚说:"卞小兰是卞福贵的小闺女,不可靠。小和尚呀,儿童团不能闯乱子,我就担心你这一点,你要瞎胡闹我让你们散伙,老胡同志说情也不行。"

小和尚一肚子话憋在嘴里支支吾吾,"干大,卞小兰不坏呀,和她大不一样,我知道,对我好呢。"

肖队长说:"说她像一朵花一样好有什么用,她是分不开和她大父女关系的,再说她姐夫又是被我们人枪毙的。儿童团虽是小孩团,但也是个革命团……"

小和尚不说话了,神情一愣一愣的,黑柱说的话像雷声一样在耳边轰响起来,"你是穷人,和地主站到一起了!"他心里害怕了,紧张地敲起小鼓。

小和尚灰心丧气地离开干大家,心想,我参加了儿童团,小兰参加不了,会难过得淌眼泪的,她实实爱面子。这样想着,小和尚眼前就出现了头上扎着两根小辫子、脸上笑眯眯的卞小兰,心里禁不住生起气来:小兰那么好,为什么不能加入?她大大是坏蛋,小兰又不是坏蛋……

唉,小和尚抬起头,无奈地叹口气望望四周,看见小花园那边隐隐约约闪耀着萤火虫一般的亮光,心一喜,对,找胡老师和小王叔叔问问……他拔脚要跑,又忽地想起黑柱。对,喊黑柱

四 卞小兰该不该加入儿童团

… 41

一块去!

他朝黑柱家跑去,心里热乎乎地想着下午和黑柱的顶嘴,感到对不住黑柱,他说的话和干大一样,我是偏袒卞小兰了……

笃笃笃,他敲响了黑柱家的院子门。

"谁呀?"黑柱的妈在屋里问一声。

"我呀。"小和尚说了一声。

"噢,小和尚!"黑柱听出是小和尚声音,抢在妈妈前边拨开门栓。

小和尚嘴巴套在黑柱耳朵上说:"我想找八路军小王叔叔,你去吗?"

"我去!"黑柱一口应道,对着妈妈喊,"我和小和尚出去了!"

村妇救会主任的妈妈唠叨说:"出去就没影了,你……"

没听妈妈在说什么,黑柱就跟着小和尚跑了。

在小花园边,一个端枪的高个子叔叔挡住了小和尚和黑柱的去路。小和尚说找胡老师和小王叔叔,自己的名字叫小和尚,干大是民兵队长。挺严肃的叔叔笑了,让他俩过去了。在大院子门口,他们撞见了手里捧着几本书的小王叔叔。

"有事吗?"小王叔叔问。

小和尚点点头,低声问:"能出来一下吗?"

"好。"小王叔叔跟着他们走到花园边。小和尚指着黑柱说:"他是我好朋友,叫黑柱。我能问一件事吗,卞福贵的闺女卞小兰能进抗日学校、参加儿童团吗?"

刘少奇过苏鲁交通线

小王叔叔笑笑，没有马上回答："你说呢？"

黑柱一口咬定，说："不行。"

小王叔叔问小和尚："你说呢？"

小和尚说："行。"

小王叔叔问小和尚："为什么行呢？"

小和尚抢着说："她和卞福贵不一样，对穷人好。"

"她不就是对你好吗？"黑柱抢过来说，"她再好也是地主家的人。她姐夫为小鬼子干事情，被我们人打死的。小王叔叔，卞福贵是村里三个地主中最坏的一个。"

到这时候，小王叔叔明白了两个孩子究竟为什么来，捧着书的手在他俩面前来回地比画起来，大声而严肃地说："卞福贵的闺女能进抗日学校，也能参加儿童团。"

这真是出乎小和尚和黑柱的意料，他俩都睁大了眼睛，张大着嘴巴，半晌说不出话来，最后喃喃地说："这是真的？"

小王叔叔郑重其事地点点头，说："是真的。是你们的胡老师叫我们这样做的。"

"他叫的？"小和尚失声道，"我干大还说卞小兰不能参加儿童团呢。"

"那该受批评。"小王叔叔说，"我开始也不懂，也恨地主，他们剥削穷人，压迫穷人，应该好好整治他们一下。后来，在你们的胡老师身边，我逐渐懂了，这都是为了革命。"

小和尚内心发出一种感激之情，笑了，说："小王叔叔，卞小兰人好，还识字，你见见就知道了。"

四 卞小兰该不该加入儿童团

小王叔叔说:"这很好,开学后让她帮着你们识字……"

黑柱鼓着嘴说不出话来。

小王叔叔说:"你们说说,现在是怎样的抗战形势?"

小和尚和黑柱都愣愣地眨巴眨巴眼睛,说不出话来。

小王叔叔说:"小鬼子灭我的心还不死,又在筹划新的、更加残酷的战争!汉奸汪精卫已跪倒在小鬼子脚下,卖国求荣!国民党顽固派正在联汪反共,竭力破坏抗日!而我们呢,既要坚持抗击日本侵略者,又要同国民党顽固派作斗争,这就需要我们动员一切抗日力量。懂吗?一切抗日力量,包括地主,才能取得抗战的彻底胜利。"

小王叔叔问:"黑柱,卞小兰能不能参加儿童团?"

"能参加!"小和尚抢着回答,"小王叔叔,你能对我干大说说吗,让他答应卞小兰加入儿童团。"

"行呀,我说。"小王叔叔说,"你干大会明白的,即使卞福贵和卞小兰姐夫很坏,也不说明卞小兰很坏,她和你们都是孩子,还不真正懂得什么是好人、什么是坏人……"

小和尚眨了一下眼睛,"胡老师也是这样说的吗?"

小王叔叔笑了,"我能懂这么多的道理,不是从天上掉下来的,全是你们的胡老师教的。告诉你们,胡老师是个大秀才,一肚子学问。我们部队上有的同志,家里穷,吃不上饭,连个正经名字也没有,到了部队上,是你们的胡老师给重新起的名字。"

小和尚拉着小王叔叔的手,说:"胡老师能帮我起名字吗?"

刘少奇过苏鲁交通线

小王叔叔看着小和尚说:"你的名字是不好。"

小和尚说:"我没有过名字,这名字是卞福贵叫出来的。"

小王叔叔说:"我对胡老师说,看能不能给你起个名字。"

在一边的黑柱还是不讲话。小王叔叔逗他说:"还想不通呀,胡老师的话也不听哪?"

"谁不听的!"黑柱有点忧虑地说,"大桩、二狗他们都不同意卞小兰进抗日学校、参加儿童团。"

小王叔叔手中的书在黑柱头上轻轻拍一下,好像对老朋友那样亲热地说:"那就和他们讲道理。你们马上就是儿童团员了,只要你们想通了,他们都会想通。我看问题好办。"

"听小王叔叔的。"小和尚声音高高地说。

小王叔叔说:"马上成立儿童团了,你就这样回答老师的话?"

"是,听老师的话!"小和尚学着部队上叔叔的样子,两脚靠拢,举起右手,对小王叔叔敬了一个礼。

黑柱也笑眯眯地对小王叔叔敬了一个礼。

五 夜半闹"鬼"

卞家大院的黑漆板门严严实实关着，里面没有一点声息。小和尚像每次晚上回来一样，不敲门不喊门，爬上院墙根旁的一棵墩实实的楸树，一纵身子，猴子一样灵巧地站在墙头上，又一个纵身轻盈地跳进院子里。

他没有急着进自己的牛棚里睡觉，他兴奋地望了望卞小兰睡觉的正厅西房。他没有办法安静一颗激动的心，无法忍住喜悦的激情，急切地想把小王叔叔和黑柱、杏子他们同意她加入儿童团和上学堂的事告诉她。卞小兰正在睡觉，还不知道这个消息，她要是知道后还不知怎样高兴哩!

卞小兰睡觉的西房静悄悄的。小和尚像每次一样跑到西房窗前，噘着嘴学小鸟叫，"咕—咕—咕咕—"这是他和卞小兰约好的遮挡卞福贵耳目的秘密暗号。

真焦急，今晚卞小兰怎么睡得这么甜、这么香、这么沉，竟一点没有听到暗号声音，打着香甜的鼾息呼呼睡着。小和尚急得如同热锅上的蚂蚁团团转，生怕那边东房里的卞福贵听见发现了,眼睛瞅瞅那边见没有动静,嘬着嘴继续学小鸟叫,"咕—咕—咕咕—"这次,他由于心急学叫的声音有些大,不太像小鸟叫声似的。

这几天,卞福贵心情一直不太好,这时正在床上翻来覆去睡不着,忽地,他隐隐约约听到西房外有人呼叫声,放心不下,披上棉袄,套上棉裤,趿上棉鞋,点上一盏马灯,拎着,"吱呀"一声拉开门,借着马灯昏暗的光亮,眼睛朝西房外那边望望,喝问:"谁?"

突然出现的马灯光亮和卞福贵的喝问声,让小和尚心一震,糟了,卞福贵发觉了。他看见一边有一个牛车架子,身子马上一缩、一滚,钻了进去。

卞福贵拎着马灯晃晃悠悠地走过来,自言自语地说:"出鬼了,听了像是人,怎么一眨眼就不见影子?"

在西房外,卞福贵用马灯小心地照了照周围,看了看牛车架子上面和下面,不知是他年龄大眼睛不好使,还是睡意未醒,竟然没有看见趴在牛车架下的小和尚。他又用马灯照了照西房的窗户,耳朵贴在窗户上朝里听听,听到了小闺女睡觉甜甜的鼾息声才放下心,说了一声:"出鬼了!"

卞福贵拎着火苗一闪一闪的马灯,绕着牛车架子和一边的麦秸垛子转一圈,向牛棚走过去。

这个老家伙,估计是猜疑我在找卞小兰,现在要去牛棚里看我在不在!牛车架子下的小和尚急了,不能让卞福贵去!他钻出牛车架子下,跑到麦秸垛边,大声地学小鸟叫,"咕—咕—

五 夜半闹"鬼"

··· 47

咕咕一"

果然，卞福贵掉过身，拎着马灯急急忙忙跑过来，看看西房外四周没有人，就对着麦秸垛喊："有种的莫躲起来，出来！躲躲藏藏算人还是算狗！"

麦秸垛静静的，没有人回答他的话。卞福贵拎着马灯绕着麦秸垛转圈子，看看到底有人没有。

小和尚也绕着麦秸垛转圈子，卞福贵走得快了，他也走得快，卞福贵走得慢了，他也走得慢。

在麦秸垛下，卞福贵没有找到人，站在那里直着嗓子眼儿喊："有种的你今晚就不要出来，我就站在这里等你！"

外面的动静惊动了卞小兰，她穿上棉袄棉裤跑出来，见大大一副气咻咻的样子，问道："大大，怎么了？"

"出鬼了！"卞福贵气急败坏地喊，"妈的，不学人学鬼叫。"

卞小兰懵懵懂懂地问："骂谁呀？"

卞福贵喊："不是人养的东西！"

听到卞福贵骂自己，而且骂得很脏，小和尚气坏了，脑门上呼呼冒火星，从地上拾起一块碗口大的泥坷垃，想对准他头上掷过去。可他看见卞小兰，犹豫了，她如果看见自己用泥坷垃砸她大大会怎么想？卞福贵毕竟是她大，她会难过的。小和尚没有勇气把泥坷垃掷向卞福贵，气愤地牙齿紧紧咬住嘴唇。

这时，卞小兰说："你瞎骂人。哪有人？"

"躲在麦秸垛后了。"卞福贵对着麦秸垛气呼呼地说，"小兰，你从那边绕过来，我从这边绕过去，看他躲在哪！"

"逮谁呀？"卞小兰不情愿地摇摇身子。

卞福贵急得直跺脚，"你快从那边走哇！"

卞小兰和卞福贵分成两路绕着麦秸垛包抄捉逮躲藏的人。小和尚急中生智，向卞小兰跑过去，与她撞个满怀。卞小兰惊骇地刚要喊出声音，小和尚一把捂住她的嘴，说："是我。"

听了声音，卞小兰才发现小和尚，紧张的神情马上松弛下来，拉着他的手说："快走！"

卞小兰拉着小和尚的手绕着麦秸垛跑。忽然，小和尚拉住卞小兰说："跟我走！"

他俩钻到了牛车架子下。

卞小兰问："我大看见你了？"

"没。"小和尚狡黠地一笑，说，"他听见我学鸟叫声就出来了。"

卞小兰问："你找我？"

小和尚说："你加入儿童团了。"

卞小兰说："村里有儿童团？"

小和尚说："有了。"

卞小兰说："我行吗？"

小和尚说："小王叔叔、二狗、杏子、黑柱、大桩他们都同意。"

"真的呀！"卞小兰有点激动。

"真的。"小和尚也激动，说，"还要你入抗日学校呢。我告诉小王叔叔了，说你在县城里上学，现在待在家里。小王叔叔还说叫你教我们识字呢。"

卞小兰说:"行。"

"小兰,"小和尚担心地说,"参加儿童团是抗日干革命,你大恐怕不敢挡我,上抗日学校要耽误放牛,你大能让我去吗?"

卞小兰口气坚定地说:"他不敢反对,现在是共产党八路军领导,不兴欺压人!"

这时,小和尚推了推卞小兰的手,朝牛车架子外撅撅嘴唇,轻轻地说:"你大来了。"

卞福贵绕着麦秸垛转了几圈子,没有逮到要逮的人,结果连小闺女也找不到了,站在麦秸垛下火火地喊:"小兰,你死哪去了!"

卞小兰的妈被惊动起来,走出门,埋怨说:"你个死老头子,夜半三更大喊大叫什么!"

卞福贵嘴一咧,"死丫头,刚刚和我一起逮人,现在跑得没影了。"

卞福贵说:"走,到牛棚看看。说不定又是那个秃小子干的事。"

牛车架子下的卞小兰沉不住气了,对小和尚说:"我们出去!"

小和尚说:"他会打你。"

卞小兰说:"不怕,我们现在是儿童团的人哪。"

小和尚想了想,点点头,说:"对,儿童团就是民兵,不怕他!"

卞福贵拎着忽明忽暗的马灯和老婆子正要朝牛棚走去,背后忽然响起卞小兰斩钉截铁的声音:"我们在这儿!"

卞福贵惊得身子一震,一块儿和老婆子掉过身子,看见卞小兰身边站着两手卡腰的小和尚,心火呼呼啦啦燃烧起来,"秃子,是你学的鬼叫?"

"你怎么能骂人?"卞小兰厉声地问。

老婆子说:"小兰,你怎么这样和你大说话呢?"

"这死丫头越来越糟!"卞福贵嘟囔道。

卞小兰说:"今后不准欺负小和尚,告诉你们,我和他现在是儿童团员了。"

"什么儿童团?"卞福贵一脸不屑的表情,冷嘲热讽地说,"小孩团,猴子团,一个个火烧屁股不得了似的……"

"你骂儿童团!"小和尚气愤地指着卞福贵说,"我明天告诉小王叔叔,你思想反动!"

这下,卞福贵愣了,想了想觉得不对劲,乖乖,要是把我的话报告给民兵,不就是消极抗日、反对共产党吗? 看样子,还真不能把他俩当作小孩呢。 他脸上立即堆出笑容,"哎呀,我说错了,儿童团是抗日的力量,可有大用哪! 小兰,你也入哪! 嘿嘿,好,我家也出了个小革命,我支持,也要为抗日出把力……"

卞小兰高兴地说:"大,你真支持吗?"

"是呀。"卞福贵答道。

卞小兰说:"我还担心你不支持呢。 我们明天开始上抗日

五　夜半闹"鬼"

学校。"

"上哪学校?"卞福贵一愣。

卞小兰说:"八路军办的抗日学校。"

卞福贵说:"小和尚也去?"

卞小兰说:"他是儿童团的人,当然去。"

"他怎能去!"卞福贵脸上变了颜色,"我的牛谁放?"

卞小兰说:"这是儿童团的事。"

卞福贵:"儿童团也要团结我们地主抗日。小和尚是我养大的,吃我的饭,就要为我放牛、干活。"

小和尚昂着头,不在乎地说:"你难不倒我,牛我放,学我也要上。"

卞福贵不肯输给小和尚,"看你秃头的样子,扁担长大字不识,是上抗日学校的料吗?"

小和尚气得脸憋通红,跑到一边拾起一块拳头大的泥坷垃,攥得紧紧的,咬着牙齿说:"你再骂?我砸你的头!"

"你……"卞福贵惊悸得身子往后直仰,结结巴巴说,"你,不要胡来!"

卞小兰望望小和尚,说:"不要砸,我们讲理,他讲不过我们的。"

小和尚把泥坷垃掷了出去,"咣"的一声砸在卞福贵脚前,像皮球一样弹了几弹。卞福贵吓得两腿蹦了几蹦。老婆子惊惧得脸上发黄,连连叫道:"砸着没有,砸着没有?"

卞小兰心里也惊得咯噔跳一下。

刘少奇过苏鲁交通线

小和尚愣愣地站在那里，两手紧紧地攥成拳头，脸上愤懑得发青。半晌，他冒出一句硬邦邦的话："我还没砸你的头呢！"

卞福贵气得哆嗦着嘴唇，"你个野小子，我不会饶你的，你参加个儿童团浑身就长刺戳人呐。告诉你，就是不给你上学！"

老婆子扶住老头子，一只手连连向卞小兰招着，"小兰，回去，你大差点被他砸到了，还和他在一起玩呀！"

"我不回去！"卞小兰倔强地扭过身子，"活该，哪让你们欺负人！"

"你！"卞福贵甩开老婆子的手，亮起胳膊，要追打卞小兰。老婆子慌慌张张拉住老头子，絮絮叨叨地说："你回屋里去，我让小兰回来……"

院子里又安静下来。

老婆子从屋里出来时，院子里已不见了卞小兰，她气得连连跺脚，朝牛棚那边喊："小兰——"

"喊什么呀！我没死！"卞小兰原来在西房里。

六　小和尚有名字啦

朱樊村的抗日学校在肖队长家里开学了。

第一个走进学校的是胡老师和小王叔叔。胡老师身穿洗得发白的粗布中山装，头上戴着一顶鸭舌帽，脚上穿着青布鞋，领着小王叔叔信步走进肖队长家里。

肖队长正在里里外外忙碌着收拾学堂，当胡老师走到跟前，他不禁一愣，笑着说："老胡，真的来啦！"他又惊又喜，尽管这几天常陪胡老师去村里人家串门，这时见了还是有点紧张，拘谨得手脚不知要朝哪里放，只是一个劲地向胡老师笑着。

胡老师满脸笑容，一边伸手和肖队长握手，一边乐呵呵地说："我来当'猴王'了！"

诙谐风趣的话，把肖队长和小王叔叔都逗得笑起来，拘束的情绪一下子跑得无影无踪。

小王叔叔说："老胡同志说，当老师的不能迟到，要给学生做个好样子。"

肖队长说："老胡同志，学堂按你的要求收拾好了，你看看?"

"噢。"胡老师含笑点点头,朝西房里走,风趣地说,"老肖和小王都做'猴王'了。"

"我们是'大猴王'。"肖队长说,"小和尚他们是'小猴'。"

"呵呵。"房子里的人都失声笑起来。胡老师连连点头,"对,对!"

学堂不大,像每一户人家一样都是泥糊的墙,前后两个不大的窗户,前窗打开透着亮,后窗怕冷风吹进来堵着一团麦秸,使房里光亮不足,阴沉发暗。胡老师说:"这不行,光线不好,孩子们看不清小黑板上写的字,时间长了会弄坏眼睛的。把后窗弄亮吧。"

"我把麦秸掏出来。"肖队长掏出了堵在后窗里的麦秸。

"老肖哇,"胡老师望着肖队长笑道,"听说你对成立儿童团有些想不通?"

肖队长不好意思地咧咧嘴,笑一笑,望一眼小王叔叔,讷讷说:"小王老师帮助我了,嘿嘿,是那么回事呀……"

胡老师望着肖队长,兴致很高地说:"老肖哇,不能小看孩子呀,只要正确引导,他们能做出许多有益的事情来的。"

学堂地上铺着一层厚厚的麦秸,胡老师仔细地看了看,又用手试试麦秸铺得厚不厚。最后,满意地点点头说:"孩子坐着不会冷了。"

小和尚和卞小兰来了。卞小兰圆圆的脸蛋,很俊,一双水

六 小和尚有名字啦

汪汪、黑白分明的大眼睛，像会说话似的，头上梳着两条油乌乌的小辫子，挺神气！她今天穿着一身崭新的衣服，在人群里刚出现，十分醒目，立即引来一片喊喊喳喳的议论声。卞小兰挺得意的，以为大家都在看她穿的新衣服，不停地晃着头，看着一张张盯着自己的熟悉脸孔。

小和尚感到害臊了，心里埋怨卞小兰早上不信他的话，非要穿上这一身新衣服，花里胡哨，被人议论着，多难为情！

进了学堂门，小王叔叔和肖队长对着卞小兰拍起手来，还叫着"欢迎"哩！

卞小兰心里暖乎乎的。小和尚乐得合不拢嘴，他头一次高兴得这样心花怒放。

刚刚，卞小兰带着小和尚路过卞福贵面前来学堂，一点都不害怕，还把肚子挺了挺。卞小兰说："大，你听我说，不要不高兴，不要挡小和尚上抗日学校，他和我现在是儿童团员了，你挡了他，小和尚领着团员会来'斗'你的'争'的，现在有民主了呀！"

卞福贵脑子聪明，笑了，长满了硬胡子的嘴说话了："我怎能挡呢，支持都来不及呢！去吧，去吧，好好识字，我再找人放牛。"

黑柱、杏子、大桩、矮墩他们一个接一个都来了，他们父亲和母亲放下手里正忙着的事也都来看热闹。孩子们进了学堂，大人们站在院子里和院子外，三五成群，兴高采烈，交头接耳谈抗日学校的事，他们一会儿要亲眼看看自己的孩子是怎样识字的。

小王叔叔看着乡亲们，亲热地招呼："乡亲们，进屋吧。"

矮墩的大脸一下子烧红起来："我也不识字，在外面凑凑热闹、晒晒太阳好哩。"

村南边大石磨盘是村里最高的地势，上面坐着三个人，晒着太阳，也凑热闹地朝肖队长家这边看着。这三个人是卞福贵、王登科和周自深。卞福贵吃过早饭，串到王登科家里，又招呼了周自深，一块儿赶来看抗日学校开学。卞福贵两手拢在袖筒里，说："我送我家小兰进抗日学校了，小和尚也让他进了。"

王登科和周自深也说："我们家小孩也来了。共产党这事做不孬，没把我们当外人。"

肖队长家院里院外的人群安静下来了。孩子们开学了，胡老师望了望坐在麦秸上的一个个孩子讲话了：

"你们知道儿童团吗？"

胡老师用粉笔在小黑板上工工整整写了三个大字：儿童团。

小和尚叫道："我们就是儿童团！"

黑柱叫道："儿童团是打小鬼子的！"

卞小兰偷偷地笑了，对小和尚低低地说："你说错了。"

"你说，你说。"小和尚推了推卞小兰说。

村里的孩子平日不愿和卞小兰在一起玩，卞小兰从心里对他们有一点认生，就不愿意站出来说话。小和尚把手举得高高地嚷道："卞小兰要说话。"

胡老师眼睛看着脸面通红的卞小兰，孩子们眼睛也一齐看

六　小和尚有名字啦

着卞小兰。卞小兰一下子局促不安起来，两手玩弄着垂在胸前的小辫子。

小王叔叔低低地向胡老师说了，卞小兰是地主卞福贵的小闺女。胡老师笑起来，鼓励说："小兰，大胆地说。"

小和尚鼓劲地说："小兰，说哇！"

卞小兰终于大胆地抬起头，明亮的眼睛看着胡老师，说："儿童团是一个抗日救国的儿童组织，不仅站岗放哨，识字开会，还要讲组织纪律性，上课发言要先举手报告一声……"

"小兰讲得对。"胡老师满意地点点头，问，"上过几年级？"

卞小兰回答："县立小学三年级。"

胡老师说："你可以做他们的老师了。"

"卞小兰能当我们老师？"孩子们惊讶地瞪大眼睛望着胡老师。

"对！"胡老师说，"小兰识一千多字了，能写信读书。你们要向卞小兰学习，多识字，也会读书写信的，将来懂得许多革命道理，懂得许多天下大事的。"

小和尚问："胡老师，天下大事是什么？"

胡老师说："这天下大事嘛，是指世界上的大事，中国的大事，还有你们儿童团的大事。"

孩子们大笑起来，都笑出了声音。院子里的大人们听了胡老师的话，也忍不住笑起来。

胡老师认真地说："今天是你们开学的日子，也是你们儿童团成立的日子。卞小兰同学刚刚说，儿童团是个组织，就像民兵一样有组织纪律，这样你们得有个领头的人，大家选一个……"

胡老师的话未说完，黑柱就带头喊起来："让小和尚当我们的头头，带着我们站岗放哨，领着我们生产，大家说说，同意不同意？"

"同意！"孩子们都使劲鼓掌，于是小和尚就是儿童团长了。

胡老师高兴地说："儿童团长出来给团员们讲讲话。"

小和尚一点不忸怩，大大方方地走到黑板前，对着团员们一字一板地说："以后我们要像民兵一样做事，我们搞生产、上学堂识字都要出劲，得到好处大家享福，哪一个不出劲就是小乌龟。"

"对！"团员们都答应了团长。

团员们高兴地使劲鼓掌欢迎胡老师讲话。胡老师随和地说："今后还有小王叔叔是你们的老师，今天同团员们在一起上第一堂课。我们先互相认识一下吧。"

"好！"团员们被逗乐了，啪啪地鼓掌。

矮墩的大在院子里说："这个老胡当先生没有一点架子。"

胡老师望着前排的团员，笑着问他们的名字，多大年纪。他问黑柱："看你有这一身力气，我猜这一群里数你年龄最大。"

"对！"团员们直着脖子喊道。

黑柱的大听见了，惊异地说："这个老胡成为算命先生了，看得真准。"

胡老师问杏子："恐怕这一群人里，你算最小的吧。"

杏子脸面桃花一样红，点点头，"我十一岁。"

六　小和尚有名字啦

"什么名字?"胡老师问。

杏子害羞地说:"杏子。"

"嗯,名字不错。"胡老师笑眯眯地点点头,望着小和尚。小和尚愣了愣,两手抱着头,说:"我没名字。他们喊我小和尚,我头上毛少。"

"哈……"屋里人都忍不住笑起来。

"噢,"胡老师笑嘻嘻地说,"你没名字。儿童团长没个名字怎么带兵打仗,老师给你起一个怎样?"

"你说什么名字?"小和尚喜滋滋地,迫不及待地问。

胡老师说:"我给你想好了。你姓李,叫李春生吧。春天的春,花生的生。春天意思好,暖洋洋的,麦子发青,树枝发芽。你会像春天的树苗一样长得快。"

"我有名字啦!"小和尚洋洋得意地晃着毛发稀少的脑袋。

矮墩大竖着大拇指说:"这个胡老师太有才了,起的名字实实好啊。"

黑柱大说:"这还用你说,人家是什么人,读书人。听说他在南边还办江淮日报、江淮银行,还搞孩子剧团。"

"真的呀,报纸、银行他也能搞?"矮墩大惊讶地站起身,说,"我要好好看看胡老师。"

这时,学堂里几个儿童团员朝胡老师嚷着:"给我起一个好听名字!"

矮墩大挤到了学堂门口,诚恳地求胡老师说:"胡老师,我姓姜,不识字,矮墩生下来就没有一个正儿八经的名字,你给重起一个吧。坐在最后边墙旮旯里那一个是他。"

胡老师朝后边望望。

矮墩的大朝儿子挥挥手,高声大嗓叫道:"站起来让胡老师看看。"

矮墩慢腾腾地站起身,羞答答的,头埋得低低的。

胡老师想了想,说:"叫姜尚德怎样?高尚的尚,道德的德,就是让你将来做一个道德高尚的人。"

"名字不孬!"矮墩的大心里感到满意,转过身子对院里院外的人叫了一句,"我家矮墩叫姜尚德了!"

小王叔叔看时间不早了,说:"团员们,是不是请你们的胡老师给大家讲话?"

小和尚叫起来:"我还有事情。"

卞小兰推了推小和尚:"你怎么记不住?要举手发言。"

"嘻嘻。"小和尚向卞小兰眨了眨眼睛,扮个鬼脸,把右手高高地举起来,喊道,"我有事。"

小王叔叔笑道:"新上任的团长有什么事?"

"事情嘛……"小和尚抬手搔搔脑袋上稀少的头发,有点难为情,说话吞吞吐吐的。

胡老师看他高兴的脸上又添上了犹豫,就亲热地问:"你有什么事跟我说好了,我会尽力帮助你的。"

"我有困难。"小和尚说。

"什么困难?"胡老师问。

小和尚眨了一下眼睛,心里决定要说出来,嘴唇上下翕动

六　小和尚有名字啦

起来：

"困难呀，一个小小的困难。"

在一边的肖队长忍不住对小和尚说："有话快说嘛，老胡同志还要讲话！"

"让他讲。"胡老师细心地问，"什么困难？"

"不过，"小和尚犹豫着，说，"不说吧。"

"你说。"胡老师催促。

小和尚激动地说："你看，我光着头不好看。"

"喔！"胡老师终于明白过来，"你要帽子！"

小和尚不好意思地低下头。

"不成问题，马上解决！"胡老师喊过来小王叔叔，取下他头上的三块瓦蓝布棉帽子，说，"这顶帽子送给李春生同学戴吧。"

小王叔叔笑嘻嘻地点点头。他取下帽子，露出了光头。

胡老师问："春生，怎样？"

小和尚一瞧，眉毛一皱。

胡老师心里乐起来，"你担心小王叔叔光着头没帽子戴吗？有，你放心。"

"真的？"小和尚心里喜得开了花。

胡老师走到小和尚跟前，把棉帽子戴在他头上，说："拿去洗一洗就是新的。"

小和尚乐得咧开了嘴，学着民兵的样子，把右手伸到帽子边上向胡老师敬了个礼。

这时，小王叔叔大声地说："请胡老师给大家讲话。"

七　跳墙偷鸡

天气真有些特别,刚刚"立春"不久,满眼的草木枯黄衰败,河里的冰冻洁白刺眼,西北风溜溜地吹在脸上像钢针扎一样地痛,可是绿色的春天就不知不觉地来到了,枯黄的草叶间爆绽出几瓣粉嫩粉嫩的芽蕊,河边岸柳的枝干泛出一层青汪汪的颜色。

晌午,朱樊村在地里干活的人回到家里,浑身暖得再也穿不住黑乎乎的棉袄,敞开怀,躲到背阴地里喝着凉开水。

春天是属于小孩子们的。朱樊村的小孩子把快乐的笑声撒落在村巷里、小河边、田头间、荒草坡上。儿童团员们排着队走到大洼里,像一把珍珠撒开来,拣粪、拾草、站岗放哨;闲下来时,卞小兰拿下身后背着的一块小黑板,坐在草地上教团员们认字。小和尚脑袋上还戴着三块瓦棉帽,他是团长,生怕落后给团员们不好看,在识字上吃的苦最大,已经认识了三十多个字,"儿童团"三个字和自己的姓名已会写了。

大人们在肖队长面前都夸奖儿童团,说:"不孬,我家小子参加儿童团懂事了,每天能拣二十多斤草哩,来家就做事,也肯听话……"

小王叔叔教会了团员们唱一支歌子,团员们都喜欢唱,去大洼的路上唱,拾草时也唱,在抗日学校里上课前也唱,排队在村里也唱:

"我们有亲爱的毛泽东,

我们有亲爱的斯大林,

我们就一定会胜利。"

……

一天,小王叔叔突然问小和尚,"你们知道毛泽东是什么人,斯大林是什么人吗?"

小和尚想了想,说:"不知道。"

卞小兰也摇摇头,说:"不懂。"

团员们鼓着嘴,都不知道。

小王叔叔心里闷了一下:儿童团员连自己的领袖是谁也不知道,怎么像个儿童团员! 他心里怨怪小和尚的干大,自己再拼命地干革命也不能忘了孩子,应该把他们武装成为红色的革命孩子……但他很快原谅了肖队长,朱樊这地方敌人说来就来,他怎么能把有些事情告诉孩子们呢? 不过,他们今天已不是孩子了,是一个个儿童团员了,该让他们知道的革命道理应该全部告诉他们,这对革命和抗战有好处,对当前发动群众减租减息有好处。

小王叔叔问团员们:"你们知道八路军的领袖是谁吗?"

小和尚抢着说:"胡老师。"

黑柱指着小王叔叔说:"你是领袖。"

卞小兰说:"肖队长。"

小王叔叔连连摇手,说:"都不对,都不对! 你们说的领袖呀,都是革命同志,毛泽东是我们中国共产党的领袖,领导我们打小鬼子,打反动派;斯大林是苏联共产党的领袖,领导苏联人民正在打德国小鬼子。"

小和尚问:"毛泽东住哪里?"

小王叔叔说:"在延安,很远很远的一个地方。"

黑柱问:"小王叔叔,你见过毛泽东吗?"

"毛泽东是我们领袖,领导很多人,我哪能见到?"小王叔叔笑道,"不过我有一张他的相片,从书上撕下来的。"

团员们嚷起来:"我看看。"

"行呀,我答应了。"小王叔叔点点头,说,"团员们,我们唱歌吧,唱毛泽东……"

村里响亮着儿童团员的歌声,树上嘹亮着大喜鹊喳喳的叫声,村子笼罩在喜气盈盈的气氛里。

大人们心里比小孩还喜气,肖队长和黑柱的大代表民主政权,集合全村人开了几次大会,并要卞福贵、王登科、周自深到场,开展减租减息。 每一场大会后,卞福贵他们的头都低得越来越深,眉毛越皱越紧,一天不讲三句话。 农民们乐得脸上像开了朵大红花,早早晚晚说话的嗓音都高了起来,做事走路劲抖抖的。

七 跳墙偷鸡

胡老师太忙了,为了减租减息,白天常去农民家里唠呱,参加全村人大会,给大家讲话,还要挤时间给儿童团上课。晚上村里的灯火全熄了,他还熬夜读书写文章。

这天晚饭后,小和尚看见胡老师一个人散步走到村头那块松林地里,小王叔叔远远地跟在后边。胡老师背着两手,一会低头想着什么,一会仰头看着天上的星星,脚步走得很慢很慢。

小和尚想不通,全村人还有他们儿童团员整天像过节一样心里乐乎乎的,胡老师为什么这么不开心?他悄悄地走到小王叔叔跟前,问:"小王叔叔,胡老师想什么呀?"

小王叔叔逗弄说:"你猜呢?"

小和尚想了想,说:"他想着打小鬼子。"

小王叔叔说:"再猜。"

小和尚不假思索地说:"想着明天开会。"

小王叔叔说:"再猜一猜。"

小和尚肯定地说:"想离开我们村。"

小王叔叔说:"还没打小鬼子呢,怎走?"

小和尚皱着眉,费力想了想,说:"想怎么减下福贵的租。"

小王叔叔满意地点点头,说:"嗯,这回像儿童团长了。"

胡老师转身的时候,看见了小和尚,抬手招呼道:"我们的儿童团长,见了老师怎不报告一声呀?"

"报告!"小和尚立即两脚靠拢,举起右手,对胡老师敬了一个礼。

胡老师笑道:"礼敬得不错嘛,谁教的?"

刘少奇过苏鲁交通线

小和尚朝小王叔叔笑笑，说："小王叔叔教的，我们团员都会。"

"怎么样？"胡老师说，"我给你们找的小王老师不错吧。现在认识多少字哪？"

小和尚崩脆脆地说："三十个。"

"会写儿童团三个字了？"胡老师问。

"会写。"小和尚响亮地回答，蹲下身子，手在地上拨弄一下，清出一小块干净地方，用树枝在松软的地上写出"儿童团"三个字。

"嗯，不错。"胡老师低下头看了看，说，"会写自己的名字吗？"

小和尚神情专注地又写了"李春生"三个字。

胡老师眼里闪烁着笑，夸奖道："像个团长。"

天很快黑下来了。

小和尚愣愣地站着，望着胡老师和小王叔叔朝村里渐渐走去的背影，心里怦然一动：胡老师为村里的事早早晚晚地忙，为我们儿童团上学操了好多好多的心，我们儿童团能为他做点什么事呢？小和尚朝村里走，心里使劲地想啊想啊……不知不觉，他快走近了小花园，看到穿着老百姓一样衣服的八路军叔叔在站岗，一个想法猛然从心里跳出来：卞福贵脸上笑嘻嘻的，心里说不定对八路军气哼哼的，他大女婿被我们人打死了，现在又要减他的租了，背地里说不准能对八路军胡老师使坏心眼子呢。我们儿童团应该帮助八路军站岗放哨……

七 跳墙偷鸡

小和尚激动起来，马上跑到干大家里，说出了想法。肖队长掏出烟袋，点上火，吸了几口，想着说："你们白天在村前站岗还行。"

小和尚神情激昂地说："我们晚上和八路军叔叔在小花园站岗。"

"不行，不行。"肖队长从嘴里拔出烟袋，说，"晚上怎行，胡闹嘛。"

"我们不是胡闹，是站岗。"小和尚脸上一本正经。

"怎不瞎闹？"肖队长沉着脸问，"你们能熬夜吗？夜里能不害怕吗？"

"我们行。"小和尚嘴巴很硬，"你们到沭河边去我不是也去了吗？不要以为我们还是小孩，你们民兵能做的事我们也能做！"

是的，肖队长已经多少天没有这样认真打量过眼前这孩子了，他长高了，长得粗粗实实，毛头毛脑，给他一支长枪扛在肩上就是一个小民兵……

肖队长盯了盯小和尚，使劲抽一口烟，说："也好，试试看。这几天民兵和队伍上的人到附近村里发动群众，减租减息，村里站岗放哨多几双眼睛也好！我告诉你，八路军、胡老师在这里，不能让一个可疑的人进来和出去……"

小和尚抖擞着精神，重重地点点头，心想，一定站好岗，给干大看看儿童团行不行！

肖队长从门后拿出一杆红缨枪，递给小和尚说："给你做的。"

小和尚眼睛一亮，生怕别人抢走似的夺过红缨枪，在手里试了试。红缨枪木柄光滑，刀尖闪亮，红缨如火。他没有想到对成立儿童团一直不太热心的干大，突然给他做了红缨枪，心里异常激动，用清晰洪亮的声音喊了一句："红缨枪！"

肖队长说："老胡同志说，解放区儿童团都有红缨枪，没有它就不像儿童团。你没有一杆红缨枪，干大的民兵队长当得也不光彩！现在我算为儿童团做了一件事，重视儿童团了。过两天呀，我专门组织人为儿童团每个人做一杆红缨枪，让队伍上的人和胡老师、你们小王叔叔看看，我们村的儿童团多威风！"

小和尚眼睛里放着光彩，说："干大，今后有什么事放心交给我们，我保证不给你丢脸！"

肖队长笑呵呵地点点头。

扛着崭新的红缨枪，小和尚浑身是劲，在村巷里像只小鹿不停地跑来跑去，向团员们发出集合的通知。

眨眼间，团员们全部排队站在村西头的松树下。团员们见小和尚手里有一杆红缨枪，围上来，羡慕地都用手摸了摸。黑柱大模大样地从小和尚手里拿过红缨枪比试一下，说："我俩是最好的朋友，让你干大给我做一杆怎样？"

小和尚挺着胸脯，骄傲地说："我干大说了，要为儿童团每人做一杆。"

"真的呀？"

"什么时候？"

七 跳墙偷鸡

"和你的一样吗?"

团员们喜形于色,七嘴八舌地问。

这时,小和尚猛地发出口令:"排好队! 不准讲话,有任务!"

立刻,团员们排好队,紧紧抿住嘴,盯着自己的团长。 天色已黑,团员们看不清小和尚的脸,但听到了他大声坚强的讲话声音:

"从今天晚上起,我们儿童团要在村里站岗放哨。 不要看我们村里有八路军和民兵保卫着,看不到坏蛋破坏,说不定他们在暗地里想着破坏减租减息,想打听队伍上的事情……"

黑柱快嘴,说:"坏蛋只有卞福贵和周自深……"

"哇——"卞小兰听了这话,心里一憋,鼻子酸了,眼泪噼噼啪啪地掉了下来。

"卞小兰,你哭什么!"小和尚忍不住气愤地说,"你是儿童团员,要和你大划清界限……"

"我大不是坏蛋嘛……唔唔……"卞小兰两手捂着眼睛,哭哭啼啼,"我大也加入抗日,支持减租……"

"不要说话了!"小和尚心里冒起火,生气地喊,"黑柱、卞小兰犯纪律了,谁让你们乱说话! 小王叔叔说过,坏蛋从脸上看不出来,都在心里使坏,在背地里干坏事。 卞小兰的大大还有周自深、王登科拥护抗日,欢迎减租减息,就是好人。"

卞小兰不哭了,头却低得不肯抬起来。

小和尚挺严肃地说:"我们要像八路军和民兵一样有纪律。

刘少奇过苏鲁交通线

儿童团干的事不要告诉人,谁犯了纪律我们就不要他。行不行?"

"行!"团员们举起双手赞成。

"还有,"小和尚绷着脸说,"女孩子和年纪小的不要去了。"

杏子和卞小兰还有几个年纪小的孩子焦急地嚷起来:

"你封建,看不起女的,男孩能干的我们女孩怎么不能干?"

"不要欺负我们小,我们也要去嘛!"

"你们怎么这样犯纪律!"小和尚有一点不耐烦了。

黑柱挺了挺胸脯,故意调皮道:"你们女孩就是不能和男孩比嘛!"

杏子嘴巴不饶人,"儿童团不兴封建……"

二狗对小和尚笑笑说:"行不行让她们试试呗。"

小和尚像不认识杏子和卞小兰似的,"你们行吗?"

杏子和卞小兰昂着头说:"比比看呗!"

小和尚对年纪小的几个团员说:"你们回去,要不今后不要你们了。"

"你下次带我们吗?"小团员不敢来硬的,讨好地问了一下后,只得乖乖回去。

小和尚忍不住笑起来,对着快快不乐的小团员的背影打趣道:"跟我们后边跑腿也跟不上趟,能上哪去?"

"嘻嘻嘻!"大家笑起来。

黑柱脑袋朝两边晃一晃,瞅了瞅大家,学着油腔滑调,调皮

七 跳墙偷鸡

地说:"团长是光头,带兵来排队……"

小和尚涨红了脸,说:"黑柱,你犯纪律了!"

二狗向黑柱诡谲地抬抬手,玩笑着说:"黑柱不应该,你看见团长光头了? 头上不是有帽子嘛。"

接着,矮墩也凑热闹,说:"他头上有帽子还是叫小和尚。"

"嘻嘻嘻……"大家抿住嘴直笑。

卞小兰为小和尚被人笑话,脸上竟像一块红布羞红起来。

杏子看不过去,口齿伶俐地说:"儿童团不兴笑话人,谁笑话人滚走!"

大家嘴里的话全憋住了,没有一点声音。

小和尚倒不在乎,笑眯眯地晃晃头,说:"我不在乎,还是叫小和尚顺口……"

胡老师住房后的院子外漆黑漆黑,寂静寂静的。 十几个儿童团员有的埋伏在后院子外的小沟里,有的身子贴着院墙站岗,两眼机灵地注视着周围动静。

在黑暗里站岗,空气清冷,看不见任何东西,听不见一点声响,还不能喘大气地站着、听着、看着,身上冰冷,脚被冻得麻酥酥的,真难受!

突然,黑柱眨巴眨巴困涩的两眼,憋不住地要打呵欠,慌忙用手捂住嘴,可还是轻轻地打了出来。

"你困了?"小和尚逗弄黑柱,"想回家睡觉?"

"你才想回家睡觉哩!"黑柱激灵一下又来了精神,不疼不痒地回了一句话。

"你们要干什么!"杏子在黑暗里不满地说,"晚上讲话声音大,会让人听见的。"

小和尚不好意思地伸伸舌头。黑柱连忙说:"谁再说话是小乌龟行不行?"

没有人讲话了,地上落一根针也能听见声音。

院子里响起有人走路的脚步声。小和尚心想,谁还没有睡觉?是胡老师吗?现在是什么时候了?他想起小王叔叔说过的话,胡老师有肠胃病,还常常熬夜,身体不太好,现在他是不是还没有睡觉?他看准那棵卞福贵前几天爬过的小树,摸过去,三两下爬上去,蹬上墙头。他朝院子里看看,没有人,几间房子里黑灯瞎火,只有正厅窗户里透着光亮。他猜出来,那是胡老师的房子,他还没有睡觉,在写东西。

村庄黑沉沉的,夜空冰凉,苍苍茫茫。

胡老师的房子里突然响起几声微弱的咳嗽声。小和尚听出是胡老师在咳嗽,心里像开锅的水一样翻着激烈的水花:我能为胡老师做点什么呢?他眼睛在空旷的院子里搜索,在黑乎乎的村庄里搜索,忽然就有了一个点子,抑制不住地兴奋起来。他滑下墙头,咬着几个团员的耳朵喊喊喳喳一阵子,他们连连点头,说:"行,抓母鸡煮汤。"

杏子说:"抓我家的。"

二狗说:"抓我家的。"

黑柱说:"抓我家的。"

七 跳墙偷鸡

"抓你家鸡干啥，抓卞……"小和尚正要说抓卞福贵家的鸡。忽然看到跟前的卞小兰，马上改口说，"抓王登科和周自深家的鸡，他们家鸡多，活该煮汤。"

"抓我家鸡吧。"卞小兰听出了小和尚刚刚没有说出口的话意，她尽管加入了儿童团，大大也参加了抗日，支持减租，小和尚和黑柱他们还是把她大大看成是一个坏地主，不是他们的人。卞小兰个性好强，要用自己的行动告诉小和尚和全村人，她大大尽管是一个地主，平日做的事有的对不起乡邻，但他还不是很坏很坏的坏蛋，也在为抗日出力，为村里的事出力……

大家似乎一下子没有反应过来，都愣愣地望望卞小兰。

"我家鸡多，大大知道不会生气的。再说是我叫抓的，知道也不怕。"卞小兰坚定地说。

小和尚说："行，那就这样办！"

在寒冷的空气里，卞小兰冰凉的脸突然变得光彩起来，从心里笑了。

小和尚说："卞小兰和我去抓鸡，杏子和黑柱找地方煮鸡汤，不要让人知道。"

他们机灵地钻进黑暗里。

在卞小兰家大院子门前，小和尚对卞小兰低低地说："你在这里等我，我去抓。"

卞小兰不相让，说："万一我大看见，还说你真是偷鸡的呢。我跟你去。"

卞小兰抬手要叩门，小和尚一把拉过来，说："不要惊动人。"

卞小兰是头一回做"小偷"。小和尚先用肩膀托起她，翻墙跳进院子里，随后他才跟着跳进去。小和尚两眼在黑夜里像猫一样机警，四处瞅瞅后，脚步轻轻的，几乎是爬着向鸡圈摸过去。卞小兰两眼盯着大大的房门，注意着动静。

小和尚到了鸡圈前，抓鸡像玩魔术似的，一只手像一只托盘一样，轻轻伸进鸡圈里，不声不响地托住一只大母鸡肚子，慢慢地托出来。随后，解开棉袄，把大母鸡朝怀里一搌，没有半点动静，离开了院子。

卞小兰在一边简直看呆了，不禁低低地叫声好。

杏子和黑柱等在院子外边，见了小和尚和卞小兰过来，连忙问："怎样，怎样？"

小和尚两手搌住棉袄里的鸡，忍不住地笑着。卞小兰也忍不住地发笑。

小和尚带着大家朝一边急急忙忙地跑。黑柱跟在后面连着问："鸡呢？"

跑着跑着，小和尚站住了，从棉袄里掏出一只鸡，塞给黑柱。黑柱接过大母鸡，朝棉袄里一搌，带着杏子急忙朝村外走去。

时间不长，黑柱和杏子端着一个盖着木板的黑土盆，赶到了胡老师院子外，与守在这里的小和尚会合。

小和尚翻墙跳进院子里，黑柱爬上墙头，把黑土盆递了

七 跳墙偷鸡

··· 75

过去。

正厅里静静地闪耀着光亮。小和尚猫着腰悄悄地把黑土盆放在正厅门口，只要有人一开门，抬眼就能看见。小和尚又贴住门缝朝厅里看看，听见了胡老师轻轻的咳嗽声。他怕胡老师和小王叔叔突然开门发现自己，蹑手蹑脚离开门前，翻上墙头，趴着，看着正厅门前的动静。

很长很长时间，胡老师的正厅板门"吱呀"一声拉开了，厅里的亮光一下子照到黑土盆上。小和尚看见小王叔叔出来了，两脚险险踩到黑土盆。

门口突然有一个黑土盆，让小王叔叔一怔。他拿开黑土盆上面的木板，一看，是冒着热气的鸡汤。哪来的鸡汤？他端着黑土盆走进厅里，可不一会儿又出来了。小和尚纳闷，小王叔叔为什么又端出鸡汤，他正想着，小王叔叔已将他们轻而易举地从墙头上一个一个逮了下来。

"胡老师一猜就是你们干的，怎样？"小王叔叔把黑土盆塞进小和尚怀抱里。

小和尚不解地问："胡老师怎知道的？"

"什么事能瞒住他！"小王叔叔冷着脸说，"你们犯纪律了，胡老师不高兴，问鸡哪来的。"

小和尚说："我抓来的！"

卞小兰申辩说："是我家的鸡，我愿意的。"

"不要你们说话！"小王叔叔说。

小和尚抱着黑土盆，定睛凝视着小王叔叔，"反正不是偷的……"

"还有理!"小王叔叔眼睛一瞪,火呛呛地说,"卞小兰她大知道吗? 这是一个大错误!"

小和尚挺委屈似的,晃晃身子,"就一只鸡嘛,什么大错误!"

"一只鸡? 说得怪轻巧!"小王叔叔一字一句地说,"这是群众纪律问题,没有这个我们不能打胜仗,没有这个我们就不是共产党领导下的八路军……"

小和尚脑袋像霜打的庄稼一样重重地耷拉下来,半晌沉沉地说一句:"反正我们做的不是坏事。"

"不是坏事?"小王叔叔啼笑皆非,"那是好事喽? 哼,什么影响,好好想想! 现在不要站岗了,回家睡觉,你明早跟我去赔礼!"

卞小兰为小和尚吃了批评心里挺难受,就说:"不怪他,是我让做的嘛,我跟大大说去……"

晨光晴朗朗的,照醒了宁静的村庄,太阳刚露出红脸来,一群群麻雀在麦秸垛、屋檐下喊喊喳喳议论着什么,白胸脯的喜鹊儿,站在枝头上,滑亮的尾巴一翘一翘的,嘴里不间断地喳喳叫。

朱樊村家家飘起了乳白色的炊烟。 小王叔叔带着睡意浓浓的小和尚站到了卞福贵家院子里。

卞福贵早早起来了,是他拉开门让小王叔叔进的院子。 他见小和尚也早早起来了,怀里还抱着一个黑土盆,不知要干什么。 卞福贵脸上堆满笑容,朝小王叔叔连连哈腰,恭敬地说:"稀客,不敢当,亲自登门,有什么事尽管吩咐。"卞福贵嘴上是这样说的,心里知道这个共产党是来干什么的,昨晚卞小兰一回来就说了偷鸡的事。 他心里很气共产党,听说煮了他的老母鸡,心像被咬了一口似的难受,很想借机闹一闹,发泄这些天对共产党和肖队长他们的不满情绪。 可他又不得不钦佩共产党八路军严密的纪律,和老百姓鱼水一样的关系,尽管是小兰抓的鸡,还要赔钱……

小王叔叔态度和气,刚开口说:"对不起,昨晚……"

"哎呀,"卞福贵马上打断他的话,笑呵呵地说,"我知道了,小兰说了,不就是一只鸡吗,算啦,算啦,送给你们吃都来不及呢。"

小王叔叔真诚地说:"孩子们不懂事……"

卞福贵抢着说:"不能怪小和尚,是我家小兰叫抓的,没事哩! 你们进屋坐吧,小兰还在睡觉哩……"

小和尚把黑土盆朝院子门前一放,说:"这是鸡汤,还你。"

小王叔叔掏出一块银圆,递过去,"这是鸡钱。"

"哎呀呀,这怎行?"卞福贵推过小王叔叔递过来的银圆,说,"小同志,你这不是小看我吗,再没钱财我也不能要……"

"这是我们的纪律,不拿群众一针一线,损坏东西要赔。"小王叔叔口口声声强调道。

卞福贵说:"你们没有拿我的鸡,更没有损坏我东西……"

小王叔叔不容分说，把银圆哐啷一声丢在门前，马上掉过身，大步跨出门去。

小和尚见小王叔叔走出院门，拔脚追了出去。

小王叔叔拉着小和尚的手，在村巷里拐了几个弯，才停住跑。他头上热气腾腾，吁了一口长气，说："老胡同志交给的任务算完成了。"

"小王叔叔，"小和尚心里很难过，像要哭一样地说，"我错了，犯了群众纪律，对不起胡老师，还有你……"

小王叔叔把小和尚拉了过来，像哥哥哄弟弟一样，拍着他肩膀说："知道好了，知道好了！我们走吧！"

八　红榜和白榜

村里出事喽!

一个民兵在村里跑了好几个地方,最后在大洼里找到了正在比赛割草的小和尚。他嘴唇焦干地说:"肖队长让你快去!"

小和尚心扑棱扑棱跳起来,干大一直说儿童团好瞎闹,现在可能知道偷鸡的事了,还不知怎样气哩……

黑柱说:"小和尚,你干大要熊你了?我也是偷鸡的,跟你一块去。"

"我也去。"卞小兰心情最难过,她大接了小王叔叔的银圆和小和尚的一土盆鸡汤,她知道后,在卞福贵面前,眼里的泪水像天上河坝开了一个豁口子哗哗流淌不止,嘴里不干不净地嘟囔,"你太丢人了,贪小便宜,什么便宜都贪,八路军的便宜也贪,见便宜走不动路,见便宜眼开……你不要脸我要脸,你存心让人家瞧不起我,背后骂我……唔唔唔……"

老婆子忙忙碌碌地给小闺女揩眼泪,嘴里对卞福贵唠叨着:"你也真是的,为一只鸡值得吗,赶紧把钱送回去……"

"唉,"卞福贵叹口气,皱着眉头说,"我哪里存心要这钱呐,再缺钱也不缺八路军一块银圆!我不要呃,那个姓王的不答应!"

当时,卞小兰哭得满脸是泪水,现在大家伙说起煮鸡汤的事,她觉得非常难看和伤心。

杏子也不示弱,挺着胸脯说:"我也去,鸡是我煮的。"

那个民兵一本正经地说:"肖队长没有让你们去,喊什么!"

小和尚像大人似的一脸庄重神情,"你们不要去了,我是团长,鸡是我抓的。"

小和尚心里忐忑不安,跟着民兵走了。顿时,大洼里没有了儿童团员甜美的歌声和快乐的笑声,大家闷闷不乐地躺到草地上,眼睛看着没有一丝云彩、空荡荡的天空。

小和尚到干大家了,他轻轻地推开门,见屋里坐着村里的干部和民兵干部,小王叔叔也来了。干大正在讲话,见了他点点头。干大并没有像小和尚想象的那样对他偷鸡的事很生气,他说:"现在开村干部和民兵干部会议,你也来参加。"

一个村干部玩笑地插上一句话:"你现在是村干部了。"

一个民兵干部打趣说:"团长,听说你昨晚熬夜吃鸡汤哪!"

"哈哈哈。"大家全开心笑起来。

小和尚脸涨得多红,抬手搔搔火辣辣的脸皮。

"继续开会。"肖队长说。

屋里安静下来。

在人群里,小和尚拨拉出一个地方坐下来。第一次参加村

八 红榜和白榜

干部和民兵干部会议，他神情庄重，心里有些异常的激动，以致听不清干大在说什么。他眼睛忙个不完，一会儿望望小王叔叔，一会儿瞧瞧黑柱的大，一会儿瞅瞅矮墩的大，一会儿看看说话的干大。

好长一段时间，小和尚心情才平静下来。

肖队长沉沉地说："卞福贵当面一套，背后一套，我们在会议上看见过，他决心多大，要积极减租，起带头作用，数出一串人家欠他的租子，要按好地孬地和家里情况减租，还要减到佃户高兴满意点头。会议一散，他屁股一转，就不认账了。他对人说，今天减了租，明天小鬼子和伪军来了又怎办，弄得人都害怕减租。那个王登科和周自深要比他积极，可肚子里也像泥鳅一样滑，问他减租的事，点头哈腰说参加，但又说他们是小户，看着卞福贵的，他怎么减租他们就怎么减……"

"现在什么时候了，还随他滑头！"黑柱的大最气卞福贵了，姓卞的土地和他的土地边搭边，他看着自己的土地被他明里暗里吃去不少。他常常恨得直咬牙齿。这时，他手一拍大腿，气愤地喊："我带几个民兵把他绑了，看他滑不滑！"

"不能这样。"肖队长芭蕉扇般的大手在半空中晃了晃，"老胡同志在会上说过几次了，枪杆子是对付小鬼子和汉奸的，如果卞福贵、王登科、周自深公开投了小鬼子和汉奸就好办了，现在不是还支持抗日吗，我们党的政策还要团结他们。如果抓了他们，他们反而占理，说不团结他们，把他们当成坏蛋看了，正好装痴拖住减租，我们也成了破坏抗日统一战线的坏人了。"

刘少奇过苏鲁交通线

黑柱的大不快活地说:"我们的政策也太宽,卞福贵明明是一个坏蛋,还像鸡蛋一样不能硬碰,要保护他。我看呀,依这样下去,减不成租了,我们民兵迟早还要吃他的亏!"

屋里一下子沉默起来,只有吧嗒吧嗒抽烟袋的声音,烟雾好大好浓,呛眼睛呛喉咙。大家伙大眼瞪小眼相互望着,想着各自的心事。

这时,小王叔叔抬起低着的头,说:"老胡同志交代我,进行减租减息,要斗理、斗力、斗法。什么叫斗理,就是进行说理斗争。地主很狡猾,会用很多点子来吓唬农民,我们要动员一切宣传力量,让他们感到'不减租不减息没有道理'。有了理,会得到大家拥护,鼓舞农民斗争信心。还有斗力,就是双方显示力量的斗争,依靠有觉悟、有组织的农民群众的力量,去斗垮地主破坏减租减息使的坏点子。老胡同志说,减租时,先从开明的地主减起,因为容易一开始就做好,让地主内部不团结。对那些不减的,就和他斗争。可以选择一个最顽固的大地主,只要把他斗下来了,其他地主的事情就好解决了。老胡同志说,斗法也要讲究法律,要合法斗争。……"

"老肖,"黑柱的大沉不住气,"我们现在去卞福贵家讲理!"

小王叔叔说:"跟卞福贵肯定要讲理的。不过哇,我有一个主意。"

说着,他眼睛在屋里望了望,盯着小和尚,说,"我让春生来,是要儿童团去说理,小孩子对地主狠些轻些他们没办法。"

八 红榜和白榜

肖队长有点不放心地说:"这样大的事,小孩子行吗?"

小王叔叔说:"我们村的儿童团,要学着老根据地的法子来干,给减租的地主贴红榜,给不减租的地主贴白榜。"

肖队长闷头"叭叭"地抽旱烟袋。

小王叔叔说:"我看儿童团找卞福贵说理,不行就贴白榜,王登科和周自深不会太顽固,村干部去说理,给贴红榜,看卞福贵老实不老实。"

几个村干部都点头,夸口说:"是办法。"

小和尚听了,头抬得高些了,心里乐陶陶的:这还不好办吗! 我们儿童团保证斗得卞福贵老老实实参加减租。

"我们的小团长,"小王叔叔问了小和尚一句,"你掏了卞福贵鸡窝,再掏他的租子怎样,能成吗?"

小和尚"嘿嘿"地笑笑,陡地亮开喉咙喊了一声:"能成!"

太阳升多高了,会议才散。

小和尚走近卞家大院子时,想起了卞小兰,要斗她大了,她会怎样想? 小和尚心想,要告诉他,她是团员,要有立场……

进了门,卞小兰就看见了小和尚,立即喊他学堂上的名字:"春牛,我把牛牵回来喽,你快吃饭呀。"

卞福贵也看见了小和尚,有点讨好地说:"饭快凉了,吃去吧。"

这些日子,卞福贵对小和尚满脸笑容,小和尚早早晚晚出去,他给开门,还体贴说:"你尽管开会,当团长忙哇。"他交代卞小兰说:"要好好帮助小和尚工作,向他学习。 我也要向他学习。"卞小兰在小和尚跟前得意地甩着两条小辫子,说:"我大变了吧,支持抗战哩。"

小和尚也奇怪,卞福贵怎么一下子变得心肠好起来了?

刚刚听了会议,小和尚才像从梦里醒过来,原来卞福贵是假装当好人的,当面一套背后一套,心里坏水多哩!

小和尚肚子饿得"咕咕"叫,可没有急着去吃饭,向卞小兰使劲地挤挤眼,把她招呼到牛棚里,说:"小兰,你真抗日吗?"

卞小兰疑惑地望望小和尚,说:"真抗日呀。"

小和尚说:"你知道儿童团纪律吗?"

卞小兰奇怪地点点头。

小和尚说:"你说。"

卞小兰问:"你怎么了?"

小和尚催促道:"你说呀?"

卞小兰挺直着身子,熟练地背起来:"一切行动听指挥,不拿群众一针一线,保守秘密……"

"对!"小和尚打断卞小兰的话,重说了一句,"保守秘密。"

卞小兰着急地说:"什么事呀,你说啊?"

小和尚探着脑袋,朝门外望望,神秘地说:"我刚刚听了会议,你大不肯减租,不减租就是不抗日,我们儿童团要斗他!"

卞小兰脸上陡地变了颜色,说话声音颤抖起来,"我大参加减租了,昨晚还说呢……"

"是假的。"小和尚情绪有些激动,气愤地说,"当面一套背后一套。他参加减租,现在怎么没减一家,背地里尽说坏话,

八 红榜和白榜

是不想抗日……"

卞小兰辩解说："我大想抗日……"

小和尚不高兴地说："你不要被他哄住，还想为你大护短，我们要斗他，你怎么办？"

卞小兰眼里含着湿湿的泪水，焦急地哭了，"我，我是抗日的……他要真不抗日……我抗日……春生，你能等一等斗争吗？我，我和大大说理，要他减租……"

"那行。"小和尚想了想，说，"能减租就是抗日，就不斗争。"

"你等着。"卞小兰说着，急急忙忙地离开了牛棚。

她跑到大大房里。卞福贵正坐在东房里，打着饱嗝，用一根细细的小木棒剔牙缝，见卞小兰火气冲冲撞进来，问："怎哪？"

卞小兰没有好语气，"你不抗日！"

卞福贵脸上闪出一些笑容，"我不抗日，谁抗日？小兰，你懂什么是抗日？"

卞小兰眼泪涟涟地说："你嘴上说抗日，背地里不抗日。"

"谁说的？"卞福贵气呼呼地扔掉手里的剔牙棒，狠狠地说，"谁放的臭屁！"

卞小兰说："谁做亏心事肚里有数。"

卞福贵说："我怎么不抗日？谁有我公粮交得多，谁为八路军出的劳力最多，谁为村里出钱最多，我现在又参加减租，这还不是我出大力！小兰，谁敢说我家不抗日我不会让他的，谁敢把你从儿童团开除出来我不会让的!"

卞小兰不依不饶地说:"你怎么参加减租的? 减了几家?"

卞福贵说:"那怪不了我,他们不积极。 再说,我有今天的家业也是千辛万苦攒下来的,他们不积极我还请他们减租呀……"

卞小兰说:"人家都知道你不积极,说假话。 你这是不抗日,是亡国奴,站到汉奸一边了,要挨斗争的……"

"你这疯丫头!"卞福贵气得脸变成猪肝色,说,"说话没大没小的,懂什么,滚一边去!"

"哇——"卞小兰终于无法控制激动的感情,失声大哭。 她哭声很大,院子里人全听见了。

在院子里收拾东西的老婆子抖动着身子连忙跑进房里。 卞小兰捂着一脸泪水,"呜呜"哭着跑回自己房里,老婆子跟着跑过去,两手抚摸着闺女双肩哄劝起来:"小兰,不要闹哪……"

小和尚站在院子里,听见房子里卞小兰的哭声,愤恨地两手套在嘴巴上,朝屋里大声喊:"小兰,开会去——"

卞小兰哭得很伤心,眼泡哭得通红,两手抹着泪水走出屋。

"小兰,"小和尚攥着拳头,在卞小兰眼前一晃,说,"不要哭了,儿童团员哭丢人,我们要和你大斗争!"

卞小兰心里很酸,泪水止不住地朝外冒出来。

和儿童团员们在一起,卞小兰眼睛里泪水和脸上的泪痕被揩干净了,她告诉大家,他大大不肯减租,在家里常常叹气,想他大女婿,说他有钱、有势、有才华,死得太早,死得可怜,死

八 红榜和白榜

得可惜……

儿童团员们气愤地喊:"他投汉奸了,斗争他!"

卞小兰嘴角咬得紧紧地说:"我跟你们一块斗争他!"

小和尚喊道:"小王叔叔说,地主没有公开投小鬼子,不算坏蛋,要斗理……"

太阳偏西了。

小和尚拿着一张红纸,黑柱夹着一张白纸,矮墩端着一碗刚熬出来冒着热气的糨糊,卞小兰攥着一个涮锅把子,他们一起赶到卞家大院子门前,在土砖墙上贴出了红榜和白榜,全村大人小孩都看大戏似的涌过去看了。

识字和不识字的人都朝红纸和白纸上看,看一阵儿,不识字的人两眼就瞅着识字人的脸,等待听他嘴里念出红纸和白纸上的字。卞小兰挤在人群里,给不识字的人一字一句念红纸和白纸上的字。红纸上写着王登科、周自深的名字,说他俩愿意积极减租,是抗日分子;白纸上写着卞福贵的名字,说他不减租,不是积极抗日……

有一个人问:"红榜和白榜上的字是谁写的呀,工工整整,不孬么?"

黑柱、矮墩扯开喉咙喊叫:"是儿童团员卞小兰写的!"

人群里响起七嘴八舌的议论声,都夸赞卞小兰不孬,和她大不一样,到底是儿童团员,思想先进。

卞福贵挤在人群里,眼睛在红纸上上下下找自己的名字,可没有找到。他心里有点急了,又从上到下、从头到尾,一个字接一个字地找,还是没找见。妈的,我姓名弄哪儿去了? 忽然间,他看见卞小兰在人群里,连忙喊道:"小兰,快过来,帮大大看看,红榜上怎没大大的名字?"

卞小兰冲他一跺脚,一扭身,跑了,丢下一句难听话:"你也来看红榜? 自己找吧。"

卞福贵气得噎口气,喃喃自语:"这丫头,把你养大一点用处都没有。"卞福贵在白纸上发现了自己的名字,一股闷气从心里蹿上脑门,天旋地转。他看见有人对他戳戳点点,聊着闲话,说他不减租,不积极抗日,还说这公民榜是他小闺女写的。顿时,他心像被人掏走似的空空落落。

人群里不时响起哄笑声,卞福贵以为大家都在哄笑他。

王登科和周自深也挤在人群里,不住地向大家微笑点头。有人喊他:"老王,上红榜了,当先进啦!"王登科喜笑颜开地说:"应该做的嘛!"

卞福贵闷闷不乐,无论如何想不通,王登科和周自深凭什么当抗日积极分子,他们减了多少租? 屁,有多少,我怎么没有听到一点动静,也上红榜? 妈的,这两个不是人的东西,当面对我笑眯眯,背地里串在一起,存心出我洋相。妈的,我早看出来两人不地道。我要让你俩看看,姓卞的吃盐比你们吃米多,我不是猪尿泡专门等着你们踩的,不信压不倒你们……

卞福贵心一横,去了肖队长家里。

肖队长刚从外边回来,见卞福贵突然来了,心里马上有数,儿童团的工作开展起来了,卞福贵坐不住告饶来了。他很高

八 红榜和白榜

兴,小和尚还真行呢,儿童团也真能办大事!

"有啥事?"肖队长佯装什么都不知道。

在民兵队长面前,不知不觉,卞福贵脸上发着烧,头上冒出汗珠,手不住地按头上的帽子,喉咙里干咳着,用似乎受了不少委屈的口气说:"肖队长,你给我主持公道,我是听政府的,事事都出力的……怎么儿童团这些小孩子没有让我上红榜……"

"是吗?"肖队长盯着他问道。

卞福贵说:"没我名字……"

肖队长眼睛像刀子一样盯着他,"那你上哪去了?"

他说:"不知谁把我写白纸上了。"

肖队长正色地说:"人在做,天在看,你对抗日工作做得怎样村里人全看见,小孩子也看见。你问问儿童团不就清楚了吗?"

卞福贵心虚地点点头:"小孩子,问不清。"

肖队长说:"你呀,年纪虽不小,可要说懂道理,还真不如你小闺女。"

卞福贵支吾说:"我支持小兰参加儿童团,还有小和尚哩。"

肖队长说:"你想知道为什么没上红榜?你知道村里人还有佃户们怎么看待你的?"

卞福贵问:"怎么看我的?"

肖队长说:"你是司马懿不读兵书——揣着明白装糊涂。人家说你是说得多,做得少,说得好听,做得龌龊。"

卞福贵急了,跳起来,不干不净地骂道:"谁背后害人,要遭报应的……"

肖队长说："我冤枉你哪？"

卞福贵马上讪讪地笑道："我不是说你的。"

肖队长说："我问你，你是怎么减租的，减多少，怎么减法，对佃户怎么说话的，他们怎么就不愿减租，你敢和他们当面对质问清楚吗？"

"我……"卞福贵感到身上的衣服被一件件剥掉了，在肖队长面前低下头、弯下身，羞愧得两眼在地上溜来溜去，恨不得能有道裂缝钻进去。

肖队长说："你这人就是头脑太灵光，太聪明，想法太多，不实在。谈抗日大道理你比我还知道，还要会谈，你说过，减租是抗日的大事，还当场表示过态度。"

卞福贵连连说："是的，是的。"

肖队长说："为什么只打雷不下雨，不见你干呢！你看看王登科、周自深他们，你比一比，怎样？"

"他俩呀？"卞福贵讷讷地说，"做人不地道，想出我洋相。"

"你有洋相让人出嘛，为什么你出不了人家洋相呢？"肖队长端详着脸色难看的他，一针见血地说，"人家实干，想减租。你呢，不想减租。一句话，是赖，赖一天是一天。"

"我是抗日的。"卞福贵手啪啪响地拍几下胸脯，"肖队长，你看我今后行动。我求你了，只要能把我从白榜上拿下来就行了。"

肖队长一脸郑重神情地说："你只要真心实意拥护减租减

八　红榜和白榜

息，拿出实际行动给儿童团看看，我想应该没问题。"

"好，好，我上红榜，我上红榜。"卞福贵向肖队长点头哈腰，连连许诺说，"明天一定减租，保证说到做到……"

九　枪的秘密

儿童团旗开得胜。

卞福贵老老实实地给佃户们减租，有的佃户怕日后小鬼子、汉奸来，卞福贵会在他们背后捣鬼吃苦头，待在家里不露面，卞福贵就拿着算盘和账单走上门，满脸挂笑，签字画押，给佃户减租。

朱樊村减租开展得最快，胡老师夸奖了肖队长，他乐得合不拢嘴，走路脚下生风，嘴里哼着不知名儿的什么土调子。他从心眼里朝外冒高兴的劲儿，索性一口气做了五杆红缨枪，当作奖品送给儿童团。

春天越来越暖和，地里绿起来了，河里清起来了，天上蓝起来了，人都精神起来了。春天的太阳放着彩色的光芒。太阳也好像向朱樊村放射着胜利、欢乐的光芒，村上的男女老少都卷入欢腾的声浪里。

在抗日学校里，小王叔叔见小和尚脑袋上还戴着三块瓦棉帽，逗趣地说："现在天热了，你还戴着棉帽呀。我给你这顶帽子值钱了,又当棉帽又当单帽。"

"哈哈哈。"儿童团员们全笑起来。

小和尚抬手摘下棉帽,夹在胳膊下,说:"我早不想戴了,还是光着头好。"

儿童团员们又笑了一下。

小和尚调皮地向大家望望,抬手搔搔头发稀少的脑袋。

"团员们,"这时,小王叔叔望望大家,从衣袋里掏出珍藏的毛泽东主席相片,说,"你们儿童团对减租有功,今天给你们看看毛主席相片。"

"哗啦——"儿童团员潮水一样拥挤到小王叔叔周围,七嘴八舌地喊:"我看看,是毛主席吗?""毛主席什么样子?"

"看到了吗?"小王叔叔把手里的相片举得高高的,说,"这是毛主席。"

儿童团员喊道:"看到了。"

小王叔叔说:"我们都是穷人,是毛主席救苦救难救了我们,领导我们打天下的。"

"小王叔叔,"小和尚喊道,"我干大表扬我们,送了五杆红缨枪给我们,你也表扬我们了,干脆把毛主席相片奖给我们吧!"

"什么?"小王叔叔愣了愣。

黑柱和几个团员都张大嘴巴,恳求地喊:"给我们吧,小王叔叔。"

小王叔叔犹豫着,"我就这一张,给你们我没有了。"

刘少奇过苏鲁交通线

"奖给我们呗。"小和尚推摇着小王叔叔臂膀,说,"要不就给我们看几天。"

小王叔叔嘟着嘴,直晃头,"不行,不行,你们要看现在看……"

黑柱鼓着巴掌喊:"小王叔叔小气——"

小王叔叔嘻嘻地笑着,把相片小心翼翼地塞进怀里,说:"对不起喽,这回叔叔就当小气人了……"

几个儿童团员鼓着巴掌,一条声喊:"小王叔叔小气——"

卞小兰也笑着,喊着,鼓着巴掌,不过,看得出来有点勉勉强强的。

卞小兰心里想笑却笑不起来啊。

是呵,她怎么能够痛痛快快地笑起来、喊起来呢? 她把大大的名字写在白纸公民榜上,哭着闹着,弄得大大哭笑不得,愁眉不展,无计可施,只得灰溜溜地苦笑着为佃户们减租。 背地里,她大大发疯一样摔碗掼盆的,骂卞小兰不是他养的,冷嘲热讽地说:"他们让你参加儿童团又怎么样? 斗垮了你大大,把租子减光了,能说你积极? 不懂事啊,不懂事啊! 你是地主的闺女,一辈子改不了姓卞的名字,你姐夫是死在他们人手里的,他们不会正眼看你的!"

好伤心呵,卞小兰捂在被窝里嚎啕大哭,泪水涸湿了被子,埋怨自己怎么就生在一个地主家里,摊到这么一个顽固不化的大大……她好羡慕啊,小和尚、黑柱、矮墩、杏子他们,无忧无虑,自由自在,要笑就笑,要说就说,多开心啊!

九 枪的秘密

··· 95

这几天，卞福贵在家里陡地沉默下来，待在房子里不出门，说话也少了。大院子里的人都感到奇怪、蹊跷，卞福贵怎么了？

卞福贵一连睡了几天大觉，从早睡到晚，吃饭都是老婆子端到床前。其实，他哪里是睡觉呀，想睡也睡不着，肚子里满满的闷气，憋得心里难过，头脑晕转，喉咙堵塞得喘不过气来。唉唉，村里的穷人几乎没有不种他的地，不欠他的租子，那是他用一分一分钱买来的家业，容易吗？可是，在短短的几天里，他们欠的租子，被减得几乎没有了。

他越想越窝囊，越想越把整个闷气归在一个人身上。是谁？那个穿便服的八路军，民兵叫他"老胡同志"，儿童团喊他"胡老师"。这个老胡是什么人，多大的官？卞福贵问过闺女，可卞小兰朝他翻翻白眼，说："这是秘密，你不要打听。"他气得吹胡子瞪眼的，知道这丫头脾气倔，不会说的。卞福贵一心想见见这个老胡，听村里人讲，这个老胡在大会上讲话一套一套的，不是个大官不会讲出这样的话，说出那么些听也未听过的话。他心想，老胡说不定是共产党的一个大官，城里的日本人知道肯定会赶来抓的。卞福贵真是沉不住气了，想长出一口憋在肚子里很长时间的闷气！

日子一天天地过去，麦子长高了，桃树抽出新枝，开出花了，男女老少身上的棉袄暖得穿不住，换上了几件单衣裳。

这天晚上，天上的月亮躲到一大堆云彩里，村里漆黑一团。

风儿却在徐徐地吹拂，轻轻地哼着欢快的小曲，地上的小草、小花，和着风儿轻轻地扭来扭去。这时候，卞福贵以为村里人都睡着了，八路军也睡着了，站岗的民兵和儿童团根本不会知道，他摸向小花园那边的大院子，想探探情况！

到了院墙边那一棵小树前，他熟练地爬着，爬着，快到上边了，正要朝墙头上爬去，忽地听见树下响起一声轻喝："谁！"

卞福贵惊吓得心差点要从嘴里蹦跳出来。他两条腿被下面什么人紧紧地拉住，没容他挣扎，整个人被从树上拉摔了下来。他跌坐在地上，被一个人骑在了背上，脖子被两只手牢牢抓住，腿也被摁住动也不能动。他心想，这下完了，什么事还没做，就被共产党抓住了，还能有好果子吃吗！

这时，一个熟悉的小孩子声音说："你是谁，想干什么？"

噢，听出来了，是小和尚，儿童团他们，他的闺女也在这里。卞福贵悬着的心稍稍松下来了，原来是儿童团在这里站岗呀！他向地上吐口唾沫，说："儿童团呀，我，我是卞小兰她大。"

"卞福贵！"儿童团员们一听，瞪起眼睛，气愤地叫道，"打，打他屁股！"

三四个儿童团员从两边跳出来，有的抬脚踢卞福贵屁股，有的用红缨枪的木柄打他后背。卞福贵两手抱着脑袋，缩成一团，喊："不要打哇，我是卞福贵，是小兰她大呀……"

卞福贵越是这样喊叫，儿童团员们越是打得厉害。

卞小兰气得跳起来，眼睛里汪着满满的泪水，躲到一边捂住

九 枪的秘密

嘴，忍不住地低低哭起来，说："你要干什么嘛，真丢人，真丢人……"

卞小兰羞得没有脸见大家，一甩辫子，跑走了。

小和尚厉声地问："卞福贵，你翻墙头想干什么？ 说！"

黑柱说："他肯定想什么坏点子！"

卞福贵哆嗦着身子，战战兢兢地说："我，我不是有意的，就这么走，走到这里的。 我，我也是抗日的……"

"呸！"小和尚朝卞福贵吐一口唾沫，说，"谁信你鬼话！ 你为什么晚上乱走？"

"我，我只是随意走走。"卞福贵抵赖说。

"你走路，怎么爬树呀？"小和尚一着不让。

"我，我……"卞福贵头上冒出黄豆粒一样大的汗珠，骨碌骨碌地滑下来。

黑柱又踢了卞福贵一脚："说，你想看什么？"

卞福贵没有办法了，只好软了嘴："看，看谁住这里。"

小和尚问："你想干什么？"

"只想看看。 住一个村里，怪稀奇的。"卞福贵绕着圈子说话，"不知道不让到这里，你们不让看，我今后保证不来……放我走吧……"

黑柱说："不能放他走，他肯定不安好心，交给肖队长。"

卞福贵竟有些哭了，头伏在地上，哀求说："放我这一回吧，我对你们儿童团不孬的，让小兰参加你们儿童团……"

小和尚觉得这是一件大事，把卞福贵交给干大，让他知道儿

刘少奇过苏鲁交通线

童团是能干的。他吆喝着说:"起来起来,见我干大去!"

卞福贵跟着儿童团员们去见肖队长。

整整一个晚上,肖队长两眼没有合拢,天都要亮了,卞福贵绕来绕去也没有说出翻墙头的真正目的。在肖队长面前,卞福贵"啪啪"地打自己耳光,说:"我丢人,以后再不了。我也是积极抗日的,今后还要为村里多做事情。"

"哈哈……"儿童团员们见卞福贵打自己耳光全笑了。

肖队长挥挥手,让卞福贵走了。

"干大,"小和尚焦急地说,"你信他话了?"

"信他话?哼,盐卖臭了。"肖队长淡淡地一笑,说,"他为什么半夜三更爬老胡住的院子墙头,为什么不爬其他人家墙头,你们想想为什么?"

黑柱蹙着眉毛,想了想,说:"卞福贵一定是想看看胡老师。"

小和尚使劲地想了想,一个想法强有力地打入脑海,说:"胡老师领导我们穷人的八路军,卞福贵看了不高兴,在想坏点子。"

肖队长点点头,"他女婿被我们打死了,现在老胡同志领导我们又减了他的租子,他能高兴、不生气?"

儿童团员们眼睛睁大了,紧紧抿着嘴唇。

肖队长说:"小和尚,你在卞福贵家院子里多留点心,让卞小兰也多注意点她大。小兰这丫头不孬!"

小和尚似听非听地点点头。

九 枪的秘密

… 99

肖队长突然提高声音,沉着脸问:"小和尚,我讲话听了吗?"

"唔……"小和尚这才从自己的思想里醒过来,紧张地说,"干大,我突然想起来,卞福贵好像有一支小手枪,会不会打胡老师呀……"

"真有这事?"肖队长的手一把抓住小和尚肩膀。

小和尚肯定地点点头。

"你怎知道的?"黑柱问。

小和尚想着说:"好几年了,卞福贵的大闺女从上海回来,我在房外遇巧听见他们在屋里说话,从上海买来一支叫勃郎宁的手枪。卞福贵还问能打多远,他大闺女说能打好远。卞福贵说有这东西在村里遇到什么事就不怕了……"

肖队长问:"知道收哪了吗?"

小和尚摇摇脑袋,说:"不知道。"

肖队长脸色沉下来,说:"卞福贵有这东西是祸害根,现在老胡同志住在村里……"

一下子,屋里的人紧张起来,空气也仿佛凝固了。

肖队长说:"找卞小兰问问清楚。"

小和尚说:"我喊她来。"

黑柱说:"我去喊。"

肖队长说:"不要争了,小和尚熟悉,快去快回。"

在家里和大大正在吵嘴的卞小兰,听见小和尚叫她,马上出了门。她见小和尚脸色有些异常的紧张,便问:"有什么事吗?

是不是我大爬墙头……"

小和尚说:"我干大找你。"

他俩进了肖队长家里,肖队长问卞小兰看没看见过她大的小手枪,卞小兰一时懵了,没有想到大大还会有枪。她懵懵懂懂地说:"我不知道哇,我真的不知道。我大真的有枪吗?"

肖队长说:"小和尚说,听过你大姐和你大大在一起说过枪的事,是从上海买来的勃郎宁手枪。"

"我没见过。"卞小兰生怕别人不相信,一脸焦急神情,"肖队长,我真的没见过。"

肖队长安慰地说:"小兰,别急,再好好想一想。"

卞小兰望着小和尚,问:"你什么时候听说的?"

小和尚抬手搔搔有几根毛发的头顶,细眯着眼睛想了想,说:"过去一年,再过去一年,再过去一年,四年了,是秋天,我还穿小棉袄……"

卞小兰咬咬嘴唇,气恨恨地说:"他们瞒着我……"

肖队长启发说:"小兰,你没听你大大和你妈妈说过什么吗?"

卞小兰牙齿咬着嘴唇,使劲地想啊想啊,忽地说:"有一次,是去年夏天,我们在院子里树下乘凉,我妈对我大大说,把枪送城里。当时,大大骂了妈妈,说,瞎扯什么!我当时没听懂他俩说什么,没当一回事。"

"小兰,"肖队长轻轻地拍一拍卞小兰瘦瘦的肩膀,说,"你是一个儿童团员,配合我们一块儿找找这支枪,看看有没有这回

九 枪的秘密

101

事。你知道，我们村里住有八路军，还有你们胡老师……"

"肖队长，我懂。"卞小兰闪着明亮懂事的眼睛说，"我回家悄悄找找。"

肖队长笑了笑，说："你大如果有枪连你也不说，说不定藏起来了……"

黑柱鼓动卞小兰，"你在家好好找，不信找不到。"

一夜未归家的儿童团员们被肖队长赶回家了。

整整一个白天，肖队长精神不集中，心里像十五个吊桶打水七上八下：卞福贵手里到底有枪没有呢？如果他发觉我们知道他有枪，他会把枪藏得更难找，说不定会转移到哪里去……我应该找他去，讲明道理，如果有枪，让他交出来……

太阳快要落下地平线时，肖队长揉了揉通红发涩的两眼，一个人直接去了卞福贵家里，他在大门口洪亮地喊道："卞福贵——"

一听是肖队长的声音，卞福贵一骨碌从床上爬起来，跑到大门口，点头哈腰迎接肖队长。

他请肖队长走进正厅里。卞福贵心想，肖队长突然闯来，肯定还是为了昨晚的事情，于是心虚虚地说："肖队长，对不起你，你……"

"你说哪去了。"肖队长绷着脸说，"那事不谈了。"

"噢。"卞福贵放心了，请肖队长坐下来，拿过桌上的旱烟袋，用袖头擦一擦烟袋嘴，递给肖队长。

肖队长把旱烟袋推了过去，从自己衣袋里摸出旱烟袋，点着，衔在口角上，"吧吧"地抽了两口。

"卞福贵，有件事跟你商议一下。"肖队长开门见山地说。

卞福贵坐下身子，说："肖队长，太客气了！只要我能办得到，你说吧。"

肖队长不紧不慢地说："向你借支小手枪，是勃郎宁的。"

卞福贵的脸陡地变了形，马上又笑容满面，说："肖队长，开玩笑吧，我哪里有枪？如果有枪，早贡献出来，我也是抗日积极分子呢，什么事没有走在前头？这事我心有余力不足了。"

肖队长吸一口烟，说："有人说你有枪，你闺女从上海买来的。"

卞福贵笑道："哪有这回事。瞎嚼蛆。肖队长，我如果撒谎不是人，你叫人来我家翻，有枪的话逮了我行不行？"

肖队长目光盯着卞福贵，狠狠地说："真的吗？"

"真的。"卞福贵一脸正色，信誓旦旦的。

肖队长想了想，在心里暗暗地说："小和尚和卞小兰说有枪，那只是听说有枪，没亲眼看见，如果硬赖他有枪，他不会承认的，还会说什么不团结地主，诬陷他……"肖队长头脑里转了一个弯子，心想再细细地调查一下，想想办法。于是，他转了话头说："你知道谁家有枪，告诉我们一声，民兵缺枪呢。"

卞福贵点头哈腰，说："放心，只要我能出力的地方，保证出力。"

天西边晚霞通红的，太阳像喝足了酒的醉汉红得发紫。

九　枪的秘密

肖队长刚走出卞家大院子，一直盯在一边的小和尚追了上来，问："干大，有枪吗？"

肖队长蹙着眉毛，说："他说没有。"

小和尚说："他是个大滑蛋。"

肖队长说："我知道。我留心看了看他，听他说的，好像真的没有枪。再说你和卞小兰也没见过那枪。这事慢慢来，没抓到把柄子的事不能乱来，这是政策问题。"

小和尚不服气，心想，卞福贵亲口说有枪的，这狗东西，真是滑头……

卞福贵虚惊一场，肖队长刚离开，就迫不及待地问老婆子："民兵怎知道家里有枪，小兰说的？"

老婆子脸上全是不安的神色，说："小兰不知道哇，当时怕她不懂事说出去，都瞒着她的。"

"出鬼了，出鬼了。"卞福贵嘴角衔着烟袋，在屋里走来走去，"这事了不得，他们要找出枪来，还不认准我藏着枪想和他们对着干……这事还是小兰说出去的，别人不知道。"

"你不要什么事都朝小兰身上赖。"老婆子护着小闺女。

卞福贵说："我瞎赖什么？你有一次在小兰跟前说过枪的事，被我一句话打断了。"

"你瞎说，什么时候？"老婆子心里有点慌张。

卞福贵说："去年夏天，在院子里乘凉……"

老婆子惊愕得张口结舌，脸上一片难看的土色。

卞福贵拉长脸说："你呀，成事不足败事有余，祸水，祸水！"

正说着，卞小兰回来了，她没有感觉到屋里紧张的气氛，对大大半娇半责地问："大，你有枪吗？"

卞福贵气得脸通红，"啪"地给卞小兰脸上一个耳光。这是他第一次狠心地打小闺女耳光。顿时，卞小兰"哇"的一声哭了，泪水淌满脸上。卞福贵咬牙切齿骂道："妈的，都是你闯的祸，生怕我安宁不去坐牢，跟民兵讲什么我家有枪！"

卞小兰捂着被打痛的脸，反嘴道："我妈妈说过有枪，是大姐从上海买来的……"

"小兰，你……"老婆子听到小闺女知道枪的事，全身发凉，跑过去，搂着她，结结巴巴地说，"你，你这痴丫头，怎这么犟呀……哪来枪……"

卞福贵气得一只手哆哆嗦嗦，指着卞小兰，喊："败家子，我非打断你的腿，看你还写我上白纸，去说我有枪……"

老婆子搂着小闺女，连推带拽地朝西房里跑去。

卞小兰还说："你假抗日，有枪不交……"

老婆子把小闺女猛地拉进房里，把房门一关，说："小兰，你一点不懂事，这事能瞎说吗？"

卞小兰脸上泪水还未干，哽咽着说："妈，你，你不是说过把枪送城里的吗？"

老婆子惊慌地用手捂住小闺女嘴巴，说："哪里有枪，我说的是你二姐夫有枪。你这丫头，十几岁人了，不长一点心眼，你对人家说你大大有枪，不是想让他们逮你大大坐牢吗？想让

九 枪的秘密

他们害你大姐夫一样害你大大？你告了你大大，他们能给你甜枣吃吗？痴心眼子，你大大被逮了，他们也不会把你当人看……"

"我不听……"卞小兰两手捂住耳朵，脑袋摇得像拨浪鼓一样，喊着，"妈，你不能像大大一样，假抗日……"

卞福贵在那边房里歇斯底里地喊："我怎么生了这么个灾星呀……"

老婆子颠颠地跑出来，说："你小点声音，高声大嗓的，让全院子人听见了。"

天黑下来了。卞福贵院子里也黑下来了，屋里更是早早地黑下来了。卞福贵摇头叹气，倒在床上哼哼着。

天上挂起一个很圆很圆的月亮，照得天上发亮，照得地上发亮。卞家大院子洒满月光，像银水一样洁白。

小和尚睡在牛棚里，身上像有虫子咬似的，不时就翻身打滚。他心里有疙瘩，想不通：卞福贵说没枪就真的没枪哪？他说过有枪的，我非要把它弄出来，看我们儿童团行不行！

他心里烦得好像有一只蚂蚁在爬动，睡不着了，爬起身，索性跑出大院子，朝黑柱家跑去。他想喊上黑柱，一块儿去找小王叔叔，说说心里的想法。

在黑柱家门前，他刚要举手打门，这才想起来，今晚黑柱在小花园那边站岗。

他急于见到小王叔叔，一刻也不愿等了，在皎洁的月光下，跑到小花园那边，找到了小王叔叔。

刘少奇过苏鲁交通线

小王叔叔见他气喘吁吁的，问："有什么事？"

小和尚点点头，用手指指自己的喉咙，意思说跑路太急一下喘不过气来，嘴里的话也说不出来了。他喘了几口大气，平静下来了，说出了卞福贵有手枪，并把干大去了卞福贵家里要枪的事也说了。

小王叔叔说："你肯定卞福贵有手枪？"

"肯定。"小和尚毫不犹豫地说。

小王叔叔想了想，说："明天你跟我去一趟卞福贵家。"

这一晚，小和尚回到牛棚里呼呼噜噜地睡着了，还做了一个梦，他和黑柱他们冲进卞福贵家里搜找手枪。卞福贵不让搜找，一把鼻涕一把泪水地大哭起来。肖队长被惊动匆匆赶来了，卞福贵见了肖队长，泪水哗哗地流，诉着苦："你们民兵不信任我，儿童团也不信任我，硬赖我有枪，我要有枪你们杀我的头！"

肖队长声音很不好听地说："儿童团瞎闹，怎能随便搜找枪？"

小和尚气得跳着脚说："不能信卞福贵的话，他说过有枪，是勃郎宁的。"

肖队长说："小和尚，你当了团长就骄傲了，连我这个干大说的话也不肯听，人家说你不好，是让你改正。"

小和尚说："我没有错。"

肖队长说："你破坏了抗日统一战线！"

小和尚几乎不敢相信自己胆量竟这样大，对着干大喊："你

九 枪的秘密

民兵队长乱给人扣帽子，给地主说话，也违反政策！"

说这话时，小和尚淌眼泪了。在一边的卞福贵得意地窃笑起来。小和尚气得猛地向卞福贵吐一口唾沫。肖队长见了，抬手给了小和尚一个耳光。小和尚"哇"地叫一声，惊吓出一身冷汗……

他从梦里醒过来，瞪着的眼睛里还有惊悸的神色，心咚咚地跳。他坐起身子，捏着拳头，狠狠地说："我一定找到枪，给干大看看！"

太阳升两竿子高，村里人几乎都下地了，空空寂寂。

老婆子拽着卞小兰下地了，卞福贵一人在院子里像丢了魂一样不安地走来走去。天没亮时，他起来撒尿，忽然听见外间响起一阵窸窸窣窣的声音，心一惊，踅过去，一看，是小闺女一只手举着洋油灯，一只手轻轻地翻箱倒柜找什么。他立刻意识到她在干什么，一股火气马上蹿上来，冲出东房，不问青红皂白，叭叭地打了她两个耳光子。

"我养你疼你，你倒好，吃里扒外，让我受你的罪！"卞福贵气得心肺一抖一抖的。

奇怪，卞小兰脸上留下大大两个又青又火辣的巴掌印子，眼里洇出了泪水，却没有哭出声音，一字一句地说道："你有枪……"

卞福贵又举起巴掌，要打向小闺女，这时，老婆子赶来了，用身子挡住卞福贵，把卞小兰搂在怀里……

卞福贵跺着脚，回到东房里。

刘少奇过苏鲁交通线

吃早饭时，卞福贵气得一口饭没有吃。

他在院子里心事重重地走来走去，撞见了小和尚，问："还没放牛？"

"就走。"小和尚说，"八路军小王叔叔马上来，要找你有事。"

"找我干什么？"卞福贵本来就不平静的心，这阵子像投了一块石子更加不平静了，不安地说，"是不是枪的事？我没有，我没有。"

说着，小王叔叔笑眯眯地走来了。卞福贵马上像变魔术一样，换了一副十分恭顺听话的样子，迎上去说："王同志，屋里坐。"

小王叔叔带着小和尚进了屋。卞福贵让小王叔叔坐下来，又要让小和尚坐下来，小和尚扭扭身子，不愿坐，两手卡腰，站在小王叔叔身边，他眼睛不停地打量着屋里的摆设，好奇地看着神柜上的香炉烛台。在卞家大院待快十年了，小和尚第一次能这样大摇大摆地走进正厅，仔细地看着屋里……

卞福贵给小王叔叔沏了一杯茶，随后，坐下来，点着旱烟袋，闷闷地抽起来，心里暗想："你问吧，我是一问三不知！"

小王叔叔开口了，语气挺和气："卞先生，你是开明地主啊，在减租中表现不错，对抗日有贡献啊！"

"哪里，哪里。"卞福贵听称自己是"先生"，脸上喜洋洋，心里暗暗嘀咕，他把我当两岁小孩哄了，想用好话套我……

小王叔叔话锋一转，说："抗日正处在紧张时期，还需要你大力帮助支持呀！"

卞福贵吸着旱烟袋，频频点头，"那还用说，村里的事我都走在前头……"

小王叔叔突然单刀直入，说："听说你府上有一支手枪？"

卞福贵从嘴里拔出旱烟袋，慢条斯理地说："哪里话，我姓卞的要是有枪，还不拿出来给民兵打小鬼子去？"

小王叔叔继续说："有人说你有勃郎宁手枪。有的话就拿出来，我们不会追究你什么的。"

卞福贵似乎一脸无奈的神情，说："肖队长昨晚来过，也跟我问枪的事，这是哪来的事，全是我家小兰听错了。你问问肖队长就知道我有没有枪了。我向来是支持政府的，现在政府正是用枪打小鬼子的时候，我留枪在家里干什么？交给队伍上和民兵还能对抗日多作点贡献。小王同志，请相信我，你可以在我屋里找，如果隐瞒了政府，你们逮我坐牢。"

小和尚沉不住气了，说："大前年，你家大闺女从上海来家，你和她在屋里说枪的事，还说能打多远，有这东西家里就保险了。是不是你说的？"

卞福贵脸上镇定，故作惊讶地说："我闺女从上海回来是有这回事，可没说过枪啊。"

小和尚说："我在窗外亲耳听到的，你敢不认账！"

卞福贵装作一脸苦相，说："小和尚，说话要负责任啊，可不能血口喷人。"

小和尚说："你赖账……"

刘少奇过苏鲁交通线

卞福贵向着小王叔叔苦着脸说:"小王同志,你看看,还让我活吗! 我没有枪非要赖我承认有枪,你们在屋里找嘛……"

小王叔叔说:"都不要喊了,我只是问问有没有枪,有就拿出来,给部队和民兵打小鬼子,如果没有也不会派人翻找的。"

小王叔叔和小和尚一无所获地离开了卞福贵家。

小和尚气得咧着嘴,说:"小王叔叔,你信卞福贵鬼话吗?"

小王叔叔笑道:"不信。"

小和尚回到牛棚里,牵上三只牛,跟着小王叔叔出了大院子。 他有点沮丧,说:"卞福贵这个老狗,赖账! 我有把握,他家里有枪。"

小王叔叔说:"不晓得藏在什么地方,知道就好了,有了把柄,他就老实了。 我们想个办法找出枪来。"

两人走着路都不讲话了,只听得三只黄牛有节奏地踢踢踏踏走路的声音。

小王叔叔说:"叫卞小兰在家里偷偷找一找。"

小和尚说:"卞福贵对卞小兰一直不放心,卞小兰常和他吵嘴,她不知道枪藏在哪里。"

小王叔叔说:"我找肖队长商量商量去,看看有没有其它办法。"

四月初,和风吹拂,清清朗朗,怡人情致。 太阳暖暖地照耀着茁壮墨绿的麦苗。 地里都是干活人,忙忙碌碌,说说笑笑,好自在呀!

九 枪的秘密

小和尚骑在牛背上,浑身不畅快,耷拉着脑袋,无精打采。

大洼里萦绕着一层淡淡的雾气,远远看去,像一条飘动的白绸带。

离着远远的地方,小和尚就听见了黑柱、杏子、矮墩他们在大洼里高高的说话声音。小和尚走过来,他们坐在草地上,用眼睛默默地望着他。

小和尚让三只黄牛自由地吃草去,自己朝草地上一躺,嘟着嘴不说话。

黑柱憋不住了,说:"春生,你到底听清没有,卞福贵有没有枪。现在肖队长不相信我们了。"

杏子说:"肖队长也不是全不相信。这不能怪春生,万一卞福贵手里真有枪,打了胡老师怎办?"

儿童团员们嘴上像挂上了锁,没有人讲话,只是让太阳暖暖地晒着。

卞小兰来了,轻手轻脚的,大家几乎都不知道。

卞小兰轻轻地坐在小和尚和黑柱中间。黑柱看她一眼,怪模怪样地伸伸舌头,说:"你大到底有没有枪?"

卞小兰低低地说:"我在家里找了,没有。"

黑柱焦急地说:"院子里找没找?"

卞小兰摇摇头。黑柱气鼓鼓地朝她晃晃手,有一搭没一搭地说:"算了算了,莫说,说了也白说。"

卞小兰望了望黑柱,小心地说:"我想了一个办法。"

小和尚一个鲤鱼打挺翻起身,精神地问:"什么办法?告诉我。"

黑柱说:"你说呀,别慢慢腾腾。"

杏子推一把黑柱,说:"急什么,让人家慢慢说嘛。"

卞小兰说:"我想和春生晚上悄悄爬进我大床底下,听他和我妈说什么,他们肯定要说话的。"

小和尚眼睛亮起来,说:"嘿,行! 我们趁天没黑时爬进去……"

时间跑得真快,晌午饭后,太阳很快滑向了天西边。夕阳的余晖,洒在村里一座座散散落落的房子上,像镀上一层金子。

吃晚饭了,卞福贵晌饭和晚饭都要炒上七八个小菜,喝上几盅小酒,滋滋咂咂享受一下。今晚他闷闷地多喝下几杯酒。老婆子知道他心里烦闷,借酒解闷,没有絮絮叨叨地责怪他。

小和尚和卞小兰早早丢下饭碗,趁人不注意,跑进东房,钻进卞福贵的床底下。

天很晚时,老婆子搀扶着卞福贵醉昏昏地进了房。卞福贵膀子一甩,把老婆子甩坐到床沿上,眼睛瞪着老婆子,骂道:"你这个臭女人,有屁没地方放,非要在小兰跟前瞎嚼蛆,给我闯的祸不大不小!"

老婆子一声未吭。

卞福贵继续着嘟嘟囔囔,说:"都是你娇惯的,迟早我非栽在她手里不可!"

卞福贵没有脱衣裳,倒在床上呼呼噜噜睡着了。

老婆子没有睡着,在床上反过来倒过去。趴在床下的小和

九 枪的秘密

尚和卞小兰一动不敢动,一声不敢吭。

终于,老婆子睡着了,打起轻轻地呼噜来。

小和尚和卞小兰一前一后爬出床底,他俩失望、憋气……

这一个美丽亮堂的晚上,洁白的月色如同水一样,流遍村庄……

十　失踪的卞小兰

卞福贵不知道，小闺女带着小和尚钻在他的床底下偷听悄悄话。

他已经两次撞见小闺女在他房里翻腾找枪。一次，她被发觉后，卞福贵一只手拽着她小辫子，狠狠地给了她两个耳光。哪知道，小闺女根本不害怕，两眼瞪多大冲着他。他预感到，小闺女还会再找枪的！

卞福贵把想法告诉了老婆子，说家里有"鬼"，要她多注意着点小闺女。果然，这天他刚出门，小闺女就跑进东房，掀开床上被子、枕头、席子找枪。老婆子看见了，拉住小闺女，苦苦地说："小兰，你瞎找什么，屋里翻得乱七八糟。你参加儿童团怎么变得这样傻，听人挑唆，和你大大作对，想把你大大斗倒，逮了坐牢。痴丫头哇，你大大倒霉，我们全家都倒霉呀！什么儿童团员，你大倒霉了，就没人理你了……"

卞小兰说："妈，你听我的，我不是和大大作对，只想找找看看，我家到底有没有枪。妈，你告诉我，大大有没有枪，他要枪干什么。"

老婆子拉着小闺女手,说:"哪有枪,你个痴丫头,被人哄去卖了不知道。"

卞小兰说:"没有人哄我,我是儿童团的人,大大真要有枪不交出来,就不是抗日,我就要斗争他,叫他抗日……"

卞小兰甩开妈妈的手,掀开箱盖子,翻出一件又一件衣裳,继续找枪。

老婆子气得心肺直抖,坐到地上,伤心得呜呜哭起来,数落着说:"我怎生你这么个犟丫头呀——我家要遭殃哪——"

妈妈的哭声搅得卞小兰心里乱了,她两手捂紧耳朵,一蹬脚,跑出了东房。

老婆子一直没有敢对卞福贵说出小闺女又在四处找枪的事,怕他再打小闺女。卞福贵愁眉苦脸,长吁短叹,常问老婆子说:"死丫头还找枪没有?"

老婆子连连晃头,说:"没有、没有。"

卞福贵愈加不放心了,问:"她怎又不找了?"

老婆子眼泡里发湿,鼻子酸酸地说:"她是一时鬼迷心窍,被小和尚他们哄住了。"

"唉——"卞福贵长长地叹口气,"我算瞎眼了,怎么生了这么一个不认家门的东西!"

老婆子瞅瞅卞福贵,不放心说:"老头子,这几天,我右眼皮老是跳着,左眼跳财右眼跳祸,是不是要有祸呐,那枪藏在那里不要紧吧?"

刘少奇过苏鲁交通线

半晌,卞福贵没有话,眼睛直直地睁着,一眨不眨。忽地,他坐起身,说:"不怕一万就怕万一,死丫头四处瞎翻腾,万一……"

老婆子身子战抖抖地说:"那样就糟了……"

卞福贵低低地说:"小兰天天和小和尚在一起没有好事。我想呀,你明天把小兰送进城里她二姐家,有人问就说她二姐快要生小孩了,小兰去服侍她。"

老婆子脸上露出笑颜,惊喜地说:"早该这样。"

卞福贵说:"你随后去村里开张路条,明早就走。"

第二天一清早,老婆子喊醒了卞小兰,说:"昨天有人捎信来,你二姐给你生了个大外甥,让你去服侍呢。快起来,你当小姨了,跟妈进城。"

"二姐生啦。"卞小兰翻身起床,穿上衣服。

她们要坐上牛车去城里。

卞小兰说:"我向春生请假去。"

老婆子说:"快走吧,你大大代你说一声行了。"

卞小兰说:"儿童团有纪律,一定要请假。"

卞福贵说:"请什么假,你妈都代你向肖队长请过假了。"

"真的?"卞小兰望望妈妈。

老婆子用手爱抚地拍打一下小闺女,"是真的呢。"

牛车静悄悄地出了大院子。

天东边微微发红了,大洼里流动着淡淡的雾气,草地里湿漉漉的,成群的麻雀在草丛里叽叽喳喳,欢闹着。

十 失踪的卞小兰

117

卞小兰坐着的牛车晃晃悠悠地出了村子。

沁凉的雾气扑在卞小兰脸上，打湿了头发，淋湿了眼睫毛。卞小兰问妈妈："二姐生的男孩有多重呀，长得像谁？"

老婆子眼睛笑眯成一条线，说："到你二姐家就晓得了。"

卞小兰嘟着嘴，说："我现在就想知道嘛……"

老婆子说："你二姐说了，不到她家不让说。"

"二姐真坏。"卞小兰有点生二姐的气了，抿着嘴，不说话了，眼睛望着早晨的景致，耳朵细细地听着牛车轱辘发出的"吱呀吱呀"响声。

赶车的人用手里的柳枝不时轻轻地打一下牛屁股，黄牛拖着大板车在坑坑洼洼的土路上叮咚作响地快步走着。黄牛一边走一边不住地甩动屁股上的尾巴，优哉游哉，轻闲自在。

卞小兰望着早晨清清朗朗，几乎看不到人影的田野，有点抱怨地对妈妈说："我这样走，春生一点不知道哇。"

老婆子宽慰地说："肖队长会对他说的。"

卞小兰说："那我也应该说一声才对。"

老婆子没再吭声。

卞小兰又问："妈，多长时间回来？"

老婆子说："见了你二姐再说。"

卞小兰有点烦了，"什么都是见了二姐再说，二姐也不是皇后……"

老婆子说："你这丫头就是脾气大。"

卞小兰说："我反正不能在她家里待时间长，儿童团还有事情。"

"好,好。"老婆子随口答应,心里暗想,进城就由不得你了……

平静的田野一下子活跃起来了,鲜红的太阳猛地从东边一片小树林里跳出来,像一个大火球,热气腾腾的,照红了一眼望不到边际的绿野,小河里的流水金光闪闪,像有无数只小鱼在嬉戏。太阳升得很快,活像被一只巨大的手托起来……

卞小兰欢快地叫起来,"哦,太阳出来了,多美啊……"

今天早晨的卞家大院子里似乎比往常都安静、神秘了。小和尚起来后,去隔壁牛棚里牵牛,见少了一只黄牛。有人告诉他,卞福贵牵走了一只牛。他大清早怎么突然间牵牛,要干什么?小和尚脑海里立时闪过一个疑问,他问那个人,卞福贵牵牛干什么,那个人说不知道。小和尚越发觉得卞家大院今天要发生什么大事,眼睛在院子里瞅瞅,见没有什么奇怪的动静。

猪圈里的猪嗯嗯唧唧地哼着,拱着食槽,一群鸡在麦秸垛下,爪子灵活地拨弄着地上的麦秸寻觅啄食……

卞小兰怎么不见影子,每天早上这个时候,她早已站在屋门口梳头……小和尚没有见到卞小兰,心想,她还没有起来?他装着抱麦秸喂牛,朝麦秸垛走过去,靠近西房窗口时,嘬起嘴学小鸟叫,"咕—咕—咕咕—"叫了几遍,西房里没有一点声音。卞小兰哪去了?小和尚有些焦急,怎么办,现在正是找枪的关键时候……

十 失踪的卞小兰

小和尚牵着牛去大洼。路上，他碰到了在大洼站岗回来的民兵，他向小和尚打了一个招呼，说："小团长，你们的卞小兰和她妈妈刚刚去城里了。"

卞小兰去城里，怎么没听她说过？小和尚一怔，感到突然，忙问："她说干什么去？"

民兵说："村里开的条子，她二姐生孩子，让她去。"

小和尚边赶牛，边纳闷地生气，卞小兰怎么不打一声招呼就走了，现在正在找枪，她走了还怎么找下去……

"春生——"在村前松树下，胡老师和小王叔叔刚刚散完步，胡老师似乎在考虑什么挺重要的事情，向小和尚点点头，迈着缓慢的脚步，向村里走去。小王叔叔站住了，招呼一声小和尚，问："怎样？"

小和尚晓得小王叔叔问的"怎样"是指的什么，脸上显露出焦灼不安的样子，说："找几次了，没找到。"

小王叔叔问："卞福贵有什么动静？"

小和尚说："他每天在院子里没事就走路，也不和人讲话。卞小兰在屋里找枪，被他发现了，他打了她……"

小王叔叔问："小兰怎样？"

小和尚脸上闪出生动的笑容，眼睛瞅瞅四周没人，小声地说："我和小兰趴在她大大床下一夜，想听他说什么，卞福贵酒喝多了，那天没说枪……"

"呵呵，"小王叔叔乐起来，"小兰主意不少呀，让她大大知道还不气死了。"

刘少奇过苏鲁交通线

小和尚说:"小兰今早去城里了。"

小王叔叔问:"干什么去?"

小和尚说:"她二姐生小孩子。"

接着,他把站岗民兵刚刚说的话又讲了一遍。

小王叔叔问:"谁捎来的信,有人看见吗?"

小和尚晃晃脑袋。

一时,小王叔叔没有讲话,眉头皱了起来,眼睛朝一大片庄稼地看了看,似乎自言自语地说:"她二姐到底生没生孩子呢?"

"不晓得。"小和尚被小王叔叔的话问得用手只抓头皮,迟迟疑疑地说,"你说她二姐没生小孩?"

小王叔叔点点头,说:"恐怕卞福贵手里真有枪。你想一想,为什么不早不迟在你和卞小兰找枪的时候,她二姐生小孩,还要把卞小兰接到城里去,是不是怕卞小兰找枪?"

猛地,小和尚从梦里醒过来一样,瞪大眼睛说:"天没亮就走的。"

小王叔叔接着说:"如果真是她二姐生小孩,卞福贵不会让他老婆子和卞小兰一声不吭走的,会让全村人知道。"

"是的,这是喜事,还要给人家送喜鸡蛋哩。"小和尚补充说。

小王叔叔说:"要把她们追回来。这事还是你们儿童团去办,既不让卞福贵抓住什么把柄,又不让卞小兰进城。"

"哎!"小和尚不放牛了,急忙把牛往回赶。

儿童团员紧急集合!

十 失踪的卞小兰

儿童团员们有的握着红缨枪,有的握着木棍,在小和尚面前齐崭崭地排成一队。他们见自己的团长脸上有着少见的严肃,心想有什么特别的事情了,不由浑身紧张起来。小和尚一只手握着红缨枪,一只手在空中挥动着,威武地命令着,分配杏子和几个小团员在村里站岗,他和几个年龄大的儿童团员立即去追卞小兰。

"卞小兰怎么跑了?"杏子问。

"我看她就靠不住吗!"黑柱眼睛盯一下小和尚。

小和尚涨红了脸,喊道:"你们不要再瞎说!卞小兰是她妈拐跑的!"

黑柱鼻子里哼了一声:"这不一定吧,你钻她肚子里看到哪?"

小和尚没好气地说:"信不信由你!"

太阳好像要故意和儿童团员们赛跑似的,小和尚他们追出村子好远好远,没有看见卞小兰坐的牛车,这时,太阳已经飞快地爬到树梢上,像要看儿童团员们的笑话。儿童团员们跑着跑着,脸上挂着一串串粗粗的汗珠,头上冒着蓬蓬的热气,活像刚从蒸笼里出来似的,边虾着腰跑着,边一口接一口地喘着粗气。

小和尚跑在最前头,他是儿童团长,不能落后,要为大家做个榜样。儿童团员们脸都憋得像红萝卜一样,争先恐后,谁也不愿意落在后面。

路上有人好奇地问:"小孩子,你们跑什么?"

儿童团员们没有人答话,只是拼命地跑着。

二狗的布鞋子后跟跑得裂开了一个大口子，像张开的鲤鱼嘴巴，每跑一步，就会"叭哒"地响一下。他没法子跑下去，站住了，对小和尚喊："我不好跑了。"

小和尚抹一把脸上汗水，边跑着边气喘吁吁地说："你在后面慢慢走——"

黑柱抱怨地说："卞，卞小兰——没意思——"

矮墩呼哧呼哧地喘着气说："怎，怎——能怪她，是，是她大——叫她走的——"

有几个团员嗷嗷地喊叫："受不了啦——太热啦——裤裆失火啦——"

小和尚眼睛一直盯着前边的路，担心追不上牛车，如果卞小兰进城那就糟了……

这儿是丘陵，土是红的，路也是红的。路不宽，在绿汪汪的庄稼地中间弯弯曲曲的，像一条蚯蚓，涌向前边。

前边路上，有一辆牛车，上面坐着一个穿红衣裳的人，在太阳下活像一团火。是卞小兰！是卞小兰！小和尚兴奋地叫起来。

黑柱他们眼睛一起看过去，都乐了，"是她！是她！"

儿童团员们浑身来劲了，身上像插了翅膀，跑得更快了。

这时，卞小兰在无意中发现了牛车后追赶上来的小伙伴们，兴奋得连连挥手，喊起来："我是卞小兰——快来呀——"

小和尚高兴地向她连连摆手，示意让牛车停下来。卞小兰看出来了，对赶车的人说："停下，快停下！"

十 失踪的卞小兰

"干什么?"老婆子望望闺女,想说什么时,看到了牛车后边追赶上来的儿童团员们。

牛车站住了。儿童团员们追赶上来了,他们不停地喘着粗气,微笑地望着卞小兰。

卞小兰笑嘻嘻地望着小和尚,说:"你们也进城?"

小和尚用袖头抹一把脸上和脖子上的汗水,说:"追你回去。"

卞小兰怔了怔,迷惑地说:"我回去? 我大大代我向肖队长请假了,我二姐生孩子呢。"

小和尚还没有回答,几个儿童团员抢着说:"你大大骗你,你二姐没生孩子,他是不想让你和我们在一起。"

老婆子望着儿童团员们,火冲冲地说:"你们说话有什么根据? 去去去,我们家小兰不跟你们去。"

卞小兰望着妈妈,问:"妈,进城到底干什么,二姐没生产?"

"你这丫头,疑神疑鬼的,妈还骗你吗?"老婆子哄劝小闺女,对赶车人挥挥手,说,"赶车赶车,不理他们。"

小和尚猛地跳上牛车,一只手攥着红缨枪,一只手指着老婆子,大声说:"不许走! 卞小兰是儿童团员,就要听我们的!"

老婆子望着小和尚,说:"我是她妈——"

黑柱朝卞小兰连连招手,"快,快跳下来……"

卞小兰抬脚要朝车下跳,老婆子一把拽着她的手,央求着说:"小兰,听妈的,跟妈走……"

刘少奇过苏鲁交通线

卞小兰气呼呼地说:"你告诉我,二姐到底生没生产?"

小和尚抢着说:"小兰,下车,我告诉你。"

"小兰,信妈话——"老婆子几乎拖着哭腔喊起来。

小和尚拉着卞小兰跳下车子。

老婆子忽地哭起来,"小兰呀,你一点不省心——"

小和尚把卞小兰拉到一边,把小王叔叔说的话讲了出来。刹那间,卞小兰气得浑身血液一下子涌到头上,脸通红的,冲到妈妈跟前,跺着脚,说:"你骗我,你和大大串好气来骗我,二姐没生产,你们瞎编……"

卞小兰一掉身,朝村里的方向跑去……

老婆子惊骇住了,不哭了,也不说话了,两眼愣愣地望着闺女跑去的背影……

"呸!"黑柱朝老婆子吐一口唾沫,一个手指刮着自己的鼻尖,喊道,"丢人,丢人!扯谎,扯谎!"

"走啦——"小和尚朝大家一扬手,儿童团员们追着小和尚,朝着村子方向走去。

牛车掉过头,无精打采地往回走了。

卞福贵被肖队长"请"到了家里。

肖队长被小王叔叔"批评"了。清早,小王叔叔找到肖队长,直接问:"肖队长,昨天谁给卞福贵老婆开路条哪?"

"谁?"肖队长一脸不解,反问道,"她出村了?干什么去?"

小王叔叔说:"你还不知道哇?说她二闺女生小孩,带卞小

十 失踪的卞小兰

125

兰进城去了。这肯定是假的,我让春生、黑柱追去了。"

肖队长若有所思地说:"路条可能是黑柱他大开的,怎么弄的……"

小王叔叔说:"你知道卞福贵到底有没有枪?"

肖队长说:"儿童团说他有枪,我去他家了,他装得很像没有枪。"

小王叔叔说:"儿童团把卞福贵盯得很紧,让他露出尾巴来了。"

肖队长有点吃惊:"发现什么了?"

小王叔叔说:"卞福贵知道卞小兰靠不住,怕她发现藏起来的枪,才把卞小兰弄进城去。"

肖队长脸色暗下来了,十分生气地说:"黑柱他大太少心眼了,我要找他算账……"

小王叔叔接着说:"如果说她二闺女生小孩,昨天谁见到了城里捎信来的人?这是喜事,为什么不让人知道?我们商议一下,看看行不行,刚刚我稍稍想了想,用一个办法让卞福贵交出枪来。"

"还是你们八路军办法多,你说。"肖队长说。

小王叔叔说:"要智取。你马上把卞福贵请来谈话,一会儿她老婆回到家,让卞小兰告诉她妈,说她大被我们扣了,又偷偷逃了出来,让她悄悄来家告诉,带着那枪快进城,要是被找出来的话就麻烦了。"

肖队长想了想,说:"她妈能信吗?"

小王叔叔说:"能信,毕竟是她亲闺女。让卞小兰再说她看到她大大被打了,心里忍不过去就跑回家了。"

肖队长"嗯"了一声,"这行。"

卞福贵被"请"到肖队长家来了,肖队长和小王叔叔从早上谈到晌午,卞福贵赌咒发誓,不承认有枪。

吃晌饭时,小和尚回来了。小王叔叔拉着小和尚到屋外,说了一通话,小和尚连连点头,跑走了。

小和尚找到了卞小兰,严肃地对她说了一通话,问道:"你愿意做吗?"

卞小兰咬咬嘴唇,重重地点点头,朝家里跑去。

老婆子回到家里,知道卞福贵被民兵"请"去,心里像十五个吊桶打水七上八下。她见卞小兰回来,叹口气说:"小兰,你大大被肖队长叫去,不知会不会有什么。你是儿童团员,能不能去打听打听消息?"

卞小兰脸上故意惊惶地说:"妈,我见着大大了。"

老婆子紧张地盯着闺女,问:"你怎不早说。你大大怎样,有没有什么?"

卞小兰说:"大大出事了,被民兵扣起来,说有大问题,让他交代,大大不说,他们打了他。"

"哎呀,"老婆子听了,两腿软了起来,眼泡里汪上了泪水,"你大大受罪啦?"

卞小兰装作心情难过的样子说:"我看大大受罪心里不好受,就跑回来了。妈,我对不起你和大大。我看懂了,对他们最好，也不如大大和妈对我好……"

"我的好闺女呀——"老婆子紧紧搂住小闺女，一把眼泪一把鼻涕地哽咽着说，"我闺女呀，你大大受罪啦——"

卞小兰说："大大偷空逃出来了，躲在大洼一个柴塘里，叫我快点告诉你，收拾收拾，我俩天黑去城里。"

老婆子慌了起来，浑身乱抖，"小兰，你帮妈收拾……"

卞小兰说："大大叫把东西带走。"

"枪吧？"老婆子说，"我整天为这死东西担心。"

卞小兰说："那东西被找出来就糟了。"

老婆子说："怎么带走？"

卞小兰说："藏在怀里。"

老婆子问："怎么藏？"

卞小兰说；"我是儿童团员，他们不会注意我的。"

老婆子说："那快点弄，在第四个猪圈麦秸下。"

卞小兰跑出门，进了牛棚，朝等待着的小和尚招招手。小和尚跟着她跑到第四个猪圈里，撵开睡在麦秸上的猪，拨开湿拉拉的麦秸。小和尚找了一把锹，在地上挖起来，挖了几下，看到一个罐子，上面用猪油封得紧紧的，搬出来打开一看，乖乖，一支小手枪上火漆还簇新的。

小和尚抱着枪朝干大家里跑去，他在门口遇到小王叔叔，把枪交给了他。

小王叔叔接过枪，异常兴奋，在手里反反复复看了看，随后，把肖队长从屋里喊出来，把小手枪递过去，说："这是什么？"

肖队长又惊又喜："真有枪呀！"

肖队长把手枪往裤带上一插，大步跨进屋，望着垂着脑袋的卞福贵，说："卞福贵，你到底有没有枪？"

卞福贵头也不抬地说："这话问几百遍了，还用问吗？"

肖队长说："假使有呢？"

卞福贵说："随你们处置我。"

肖队长笑了笑："真的？"

卞福贵说："那还假？"

肖队长说："话不能说绝。"

说着，肖队长从腰间拔出一支小手枪，在卞福贵眼前晃了晃，问："这是什么，谁的？"

卞福贵一看，惊了，愣了，瘫了，昏倒在地上……

十一　卞福贵疯了

卞福贵疯了。他从肖队长家里一回来，在房里不是跳着就是唱着的，什么"天罡星下界，要杀人八百万"，"地煞星临风，杀人八百万"。

老婆子抱着卞福贵呼天抢地地哭，"天啦，我前世造的什么孽呀，菩萨这样罚我……"她招呼卞小兰一块架着他，摁到床上，谁知，他劲儿牛一样大，她俩使多大的劲也摁不住。他一挺身，翻起来，跳下床，还是蹦还是唱。老婆子伤心地拍着卞小兰身子，抹着泪水数落起来："全是你逼的呀，你大大才疯成这样子。你这下甘心了吧，去戴大红花吧……"

卞小兰淌着眼泪呜呜地哭了。

卞福贵疯了，村里人全传开了。

肖队长不相信，亲自到卞福贵家里看一趟，正逢卞福贵在吃晌饭，他吃着吃着，见了被吃过后丢在地上的鸡骨头，拾起来就吃了；他端起涮锅涮碗洗筷子的水咕噜咕噜地喝进肚子。不是疯人，能干这样事吗？

小王叔叔不相信，亲自赶到卞福贵家里看一看，正碰上卞福贵从房里出来，他把手里的一张报纸故意放在他眼前晃一晃，看有什么样的反应。卞福贵抢过报纸，撕扯下一块儿，塞进嘴里，咀嚼几下，咽下喉咙。不是疯子，能这样吗？

小王叔叔找卞小兰问："你大大是什么时候疯的？"

卞小兰说："就是昨天从肖队长家回来，一进门见到我，吵了几句，进了房就满嘴胡言乱语。"

小王叔叔说："没到我们那里找医生来看一看吗？"

卞小兰眼睛里淌着泪水说："我妈说医生来了也没有用。"

小王叔叔说："他有没有明白的时候？"

卞小兰哽咽说："哪有啊，一天到晚，一夜到天亮，全是这样，尿都撒到床上，房里简直不能待人。"

小王叔叔走到房里一看，是真的，床上到处都是尿渍，骚味难闻。

这时，卞福贵又从地上跳起来，眼睛睁得鸡蛋一样大，两只手举起来，蹦着跳着，嘴里哼着：

"天罡星宋江把凡降，

我杀你个鸡犬不留遍地光。

再加上我黄巢兄弟八百万，

你在数的人也逃不了遭殃。

……"

小王叔叔看了，咂咂嘴，没说什么话，走了。

肖队长带着小和尚又来看看。小和尚不信卞福贵是真疯

十一　卞福贵疯了

131

的,趁卞小兰不在场,找了半截山芋,蘸上一点鸡屎,递到卞福贵面前,他抢过来,连忙塞进嘴里,津津有味吃起来。

肖队长朝小和尚瞪一眼,说:"你还能做这事呀。"

小和尚怪怪地笑了笑。

肖队长说:"看样子,卞福贵确是疯了。"

小和尚还是有点不相信,说:"卞福贵滑哩,是不是害怕找到枪,怕挨斗争装成这样?"

肖队长神情严肃说:"他是被吓疯的,恐怕装是装不成这样的。"

小和尚还是疑疑惑惑的,黑柱、杏子、矮墩他们也一下子难以接受,卞福贵怎么一下子就成了疯子?

他们七嘴八舌地议论着,想找小王叔叔问个明白。

谁知,小王叔叔不等他们主动上门就来了。儿童团员们喊喊喳喳的,你一言我一句地问:

"卞福贵真疯了吗?"

"他是真疯还是假疯?"

"他怕斗争装出来的。"

"他是疯了,在床上撒尿哩。"

小王叔叔问小和尚:"你凭什么说他装疯?"

小和尚说:"我不相信,太凑巧了,刚找出枪他就疯了,是怕我们斗争。"

小王叔叔说:"我也去看了,看样子像是疯了。不过你们说得对,也许是怕斗争装疯的。我给你们儿童团一个特殊任务,

刘少奇过苏鲁交通线

暗暗监视他，看他到底是真疯还是假疯。你们要好好依靠卞小兰，早早晚晚监视，懂吗？"

儿童团员们都说："懂啦！"

四月的晌午，白白的太阳直直照射着的村里，有了一点夏天暖烘烘的气息，人是慵懒的，坐在翠生生的树荫下不愿走动；猪也是懒散散的样子，躺在圈里哼也不哼，鸡鸭都是一副懒散散的样子，不肯蹦跳，不肯呱呱叫。

卞家大院子里乱糟糟的，四处都晾晒着被卞福贵尿湿的被子、床单。老婆子遭罪了，家里家外的事都是她一个人跑来跑去忙着，嗓门喊哑了，两腿跑酸了，她四十几岁的人，过去乍看起来像三十几岁，现在看上去变了，像是五十多岁的人，一副苍老的样子。她还特别容易发脾气，动不动就对着地里干活的短工吵吵哇哇的，在家里看到一点不顺眼事，摔碟摁碗的，冲着小闺女大喊大叫。

唉，卞小兰心烦意乱的。刚刚，小和尚喊她，她两手捂住耳朵，不愿意理睬。她不愿待在家里了，感觉再这么待在沉闷、杂乱的家里，她也会疯了。她从院子里走出来，坐到小河边柳树荫凉下，两手托着腮帮子，盯着清清亮亮、哗哗流淌的河水，享受着安静。

"小兰吧。"王登科走来，他刚从地里回来，裤脚缩住膝盖，走到卞小兰身边，笑眯眯地问，"你大大好一点了？"

卞小兰鼓着腮帮，看一眼王登科，肚里像吃了一只苍蝇一样不舒服。她心里有数，王登科表面和她大大好，暗地里较着

十一 卞福贵疯了

133

劲，恨着她大大，她家财产多，势头大，村里大事小事都是她大大出面，压得王登科出不了头，他一心巴望她家能突然失一场大火烧光了才好。现在她大大倒霉了，他心里高兴哩！

卞小兰圆嘟嘟的脸突然拉得老长，冷飕飕的，使王登科尴尬极了，"呵呵"干笑两声，不自然地走开了。

一阵微风徐徐地吹过来，柳枝微微弱弱地摆动着。

卞小兰在痛苦的旋涡中难受着、挣扎着，她想拔出身子，逃离出来，可她尽管地哭、尽管地闹，就是无法拔出来。她想，大大的疯怪我吗？妈妈说怪我，不是我瞎折腾，大大不会疯。卞小兰很快推翻了妈妈的话，她说，大大若要不藏枪，早早交出来，还怕人家斗争吗，怎么能疯呢？大大为什么要藏枪呢？为什么不把枪交给八路军呢？我是儿童团员，帮大大交出枪，没有做错，应该这样做……

卞小兰哭了，眼里滴出了泪珠。我怎么生在这样的家庭里，怎么不生在肖队长家里，不生在杏子、黑柱他们家里？……她咬着嘴唇，像要把哭声咬住，不让它跑出来。她尽力不去想大大，不想大大那个疯样子，可不知怎么了，愈是不愿想愈是去想，心里像刀子割一样地疼痛。她喃喃地说："大大真可怜，大大又真恨人，我怎么办呀！"

十二岁的卞小兰呀，这个儿童团里的女团员，从心里巴望着大大的病能好起来。她想，只要大大的病能好起来，她一定要耐心地帮助他，说道理给他听，他一定会想通的，说藏枪不对，还一时糊涂，偷偷送她进城……

想到这些，卞小兰心里欣慰不少。

小和尚走过来了，对卞小兰说："你怎不理我？是不是为你大大……"

"才不是哩。"卞小兰捡起一块小石头，扔进清浅的河水里，水面上漾起一圈圈涟漪。

小和尚说："有任务了。"

卞小兰问："什么事？"

小和尚说："你以为你大大真疯了？"

卞小兰说："我大真疯了。"

小和尚说："不一定，他也许是怕斗争装出来的。"

卞小兰有点不高兴，撅起嘴唇说："我大大不疯不会变成这样子的，他是被吓的，你不要再瞎猜……"

小和尚说："小王叔叔让我们提高警惕，怕你大大装疯……"

"不会的。"卞小兰肯定地说。

小和尚说："小兰，你不要被你大大瞒住，他藏枪你怎不知道？他和你妈把你骗进城你怎不知道？"

卞小兰不讲话了，眼睛里静静的，在想着什么。

小和尚说："你眼睛要盯着点。"

卞小兰半信半疑地说："疯病能装吗？"

红红的太阳还没有完全落下地边，一弯新月已悄然挂在寂静无声的天幕上。

天刚黑下来，卞小兰溜到大大的床下，看看他夜里疯不疯，如果白天疯是装给人看的，夜里还能装吗！她不太相信小和尚

十一 卞福贵疯了

135

的话。

半夜了,卞福贵还不睡觉,在屋里提着裤子跑来跑去,不小心裤子掉下来,老婆子边为他提上裤子,边烦心说:"你跑,你提上裤子再跑。"他推着嚷着:"你要干什么,我要跑啦。"

卞福贵又跑到院子里,两手端在腰两边,迈着细碎的小步子,一颠一颠地跑着,嘴里念念有声:"天没有眼,地没有眼,人也没有眼,我有一个屁眼。"

跑了好长时间,老婆子总算使出吃奶力气拉卞福贵回了屋。老婆子倒了一小木盆温水给他洗脚,他把脚伸进温水里,一踢,把木盆踢滚出多远,泼了一地水。

卞福贵上床了,老婆子帮他脱下衣裳,又要为他解裤子,他蹦着跳着,牙齿咬得格格响,说:"不脱不脱。"

卞小兰看着大大这副疯样子,伤心得差点失声哭起来,一只手紧紧地捂住嘴巴。

屋子里忽然静下来了,卞福贵倒床就睡着。

卞福贵折腾大半夜,大公鸡喔喔叫的时候,卞小兰才从床下溜出来……

村里干部知道了,民兵知道了,儿童团员也知道了,小王叔叔他们也知道了,卞福贵真是疯了,装是装不成这样子的。

卞福贵是疯子,于是就没有多少人关心他,肖队长不关心他,儿童团也不关心他。卞福贵满村里乱跑,民兵队部、干部家里、小花园那边、大洼里,到处跑,到处指手画脚、胡说瞎说、说说唱唱。

刘少奇过苏鲁交通线

这天，卞福贵从小花园那边跑过去，小王叔叔盯了盯他，心里不放心，找到肖队长说："卞福贵四处乱跑，要注意点呀。"

肖队长拍拍小王叔叔的肩膀，笑呵呵地说："让他跑吧，他是疯子。"

小王叔叔说："万一不是疯子呢？"

肖队长点点头，笑道："我心里有数。"

小王叔叔又找到小和尚，关照说："你们儿童团不要放松警惕，坏蛋什么鬼点子都能耍出来。你们多留心卞福贵。"

小和尚交代卞小兰说："你大大尽管疯了，还要多留心。"

卞小兰盯一眼小和尚，像不认识似的说："你还说我大装疯呀？"

小和尚说："怕万一呢……"

卞小兰气呼呼地说："没有那么多万一，他疯成这样还会有什么……"

小和尚说："这是任务，交给你了。"

卞小兰皱皱眉头。

一天，两天；一个月，两个月，卞福贵还是那副疯样子。卞小兰既有点怜悯大大，又有点抱怨小和尚，说："大大疯成这样子，还要让我看住，真是的！"

地里的麦子黄了，清香味浓浓的弥漫了全村。村里人不分早晚，扑进地里割麦子，小王叔叔他们也扑进了地里帮助割麦子，村里大路小路上，晒满一小堆一小堆金灿灿的麦粒。

全村人陶醉在麦子丰收的喜悦里，几乎没有人想起来还有一个卞福贵。

谁能知道，疯了的卞福贵在明晃晃的太阳下，说说唱唱地走过大洼站岗的民兵眼前，一直跑进了城里？

城里秘密地下交通站捎来信，肖队长和小王叔叔才知道，卞福贵逃进城了！

村里的人如梦方醒，卞福贵是装疯的呀！

全村人引起一阵小小的骚动：

"卞福贵会不会引来小鬼子哟！"

"卞福贵装疯就是为了跑进城呀！"

"我们村怕要吃他亏啦……"

肖队长被上边人批评了，话说得很难听，说他没有警惕性，太麻痹，被卞福贵蒙蔽了。

肖队长火呛呛地回到村里，把火气又泼到村干部和民兵干部身上。黑柱的大低垂着头，什么话也没敢说，那次给卞福贵的老婆子开了路条，被肖队长好一顿熊，他近四十几岁的男子汉，几乎一辈子没流过泪水，那次泪珠在眼泡里直转悠。这阵儿，肖队长看见小和尚，也不讲情面地熊了一顿，说："你们说整天盯着卞福贵，怎么把人盯走了？哼，嘴上没毛办事不牢。"

小王叔叔替儿童团鸣不平，说话了："肖队长，不要怪儿童团，你们民兵没盯住，就连我也被蒙住了，还说儿童团什么呢？要说的话，还是先从自己说起。"

小和尚气鼓鼓的，立即集合儿童团员。

卞小兰站在队伍里，一直两手捂着脸哭。

刘少奇过苏鲁交通线

小和尚火火地喊道："卞小兰，不要哭啦！哭什么？"

卞小兰噎住了哭声。

小和尚说："你大大跑了，你知不知道？"

卞小兰一脸泪水，说："我不知道，就是不知道。"

黑柱瞪着眼睛说："你骗人！你大大肚里尽是鬼点子，骗我大大开了路条，现在又装疯。你大大装疯你能不知道？鬼才信呢。"

小和尚气呼呼地问："他出村你为什么不报告？"

卞小兰说："我没注意嘛……"

小和尚说："你是看你大大可怜没报告是不是？"

卞小兰连连摆手，委屈地说："不是的嘛，不是的嘛……"

"还不是的。"杏子用气愤的目光盯着卞小兰，"我们受你骗了，你和你大大一样，还想着你大姐夫，恨八路军。你是假抗日，不是我们儿童团人！"

"呜呜……"卞小兰两手捂住脸，伤心地哭起来。

几个儿童团员举起拳头，一条声喊："卞小兰滚蛋！卞小兰滚蛋！"

顿时，卞小兰脸上火燎燎的，扭过身子，跑着走了。

黑柱看着卞小兰背影，对小和尚不满地说："我说准了吧，你没钻到她肚子里看，能知道她好人还是坏人？她呀，全是你包庇的！"

小和尚使劲地晃了晃脑袋，似乎这样能把肚子里的苦恼全都晃掉……

十一　卞福贵疯了

十二　小鬼子突然袭击了

麦子这边上场,那边高粱、玉米棒子就种下地了。 两场透地大雨后,高粱、玉米棒子从地里冒出嫩尖,蹿蹿地朝上长,一天一个样儿,眨眼间把一大片一大片土地长得密匝匝、绿汪汪的,像一汪湖水似的爽心。

八月的太阳火辣辣,晒得地上烫脚,烤得高粱和玉米棒子的叶子蔫不拉几地搭拉下来,热得树上"知了"长一声短一声地嘶喊着,"热呀——热呀——"。

吃晌饭时,村里的干部走出像蒸笼一样闷热的庄稼地,赶到肖队长家里开会。 小王叔叔也来了。

茅屋被太阳光晒透了,里面又闷又热,坐在里面浑身的汗水像泉水一样朝外冒着。

肖队长望一眼小王叔叔,说:"开会吧?"

小王叔叔点点头。

肖队长和小王叔叔脸上没有笑容,看出来要有什么大事与大家商量喽! 大家伙心都紧捏着,看着肖队长的嘴巴,等他说话。

肖队长传达的是上级指示，县里交通站传来情报，山东八路军已粉碎日军和伪军的扫荡，通向延安的地下交通线又重新组建起来，胡老师可以立即起程，通过山东去延安。

胡老师决定近日离开朱樊村，经赣榆大树村去山东。

上级指示肖队长他们，一定要保证胡老师万无一失地跨过陇海铁路。

肖队长心事重重，说话一字一句的。他觉得肩上的担子很重，每次过往的队伍上的人，都是他和民兵趁小鬼子巡逻的间隙保护着跳过铁路，如果小鬼子在巡逻时间上稍变化一下，就会发生意想不到的可怕事情。这次是非同寻常的护送任务，怎样保证胡老师安全跨过陇海铁路呢？他想，仅靠敌人麻痹悄悄跳过去不是好的安全办法，要确保万无一失，必须要有一个万全计策，做到胸有成竹、能大摇大摆跨过铁路。

护送过几百次队伍上的人巧妙地跳过陇海铁路，从小鬼子眼皮下进了山东革命根据地，肖队长都没有特别地担忧过，在他们面前表现得都轻松自然。这次，是送胡老师呀，万一过铁路时出个差错，他肖明桥再有几个脑袋也赔不起呀！

村干部们心情都十分复杂，胡老师在村里四个多月，一百二十多个日日夜夜，你来我往，说说笑笑，亲如手足，现在一下子要分开，从感情上真是难以接受，别有一番滋味。同时，他们又为胡老师过铁路担忧，那小鬼子的铁壳巡逻车神出鬼没，探照灯像一个大太阳，雪亮雪亮的，一下子照出几里路远，什么都能

十二 小鬼子突然袭击了

看清楚……

他们忧虑地"吧哒吧哒"抽烟袋,时而用手抹一把脸上淌下来的汗水。

肖队长也掏出烟袋,点上火,抽了几口,又继续传达上级的指示。

上级为胡老师过陇海铁路想了不少办法,要肖队长他们发动群众,在黑夜里破坏铁路,剪断铁路边上的电话线,拆掉桥梁,埋地雷炸小鬼子……

听到这里时,黑柱他大大担心地说:"这行吗? 不是惹得小鬼子火上浇油来扫荡吗?"

肖队长说:"你耐心听着,上级还有话哩。"

上级领导有交代:负责防卫铁路的小鬼子队长松山是新换来的,四十几岁人,这个家伙有个特点,一心巴结上司想当大官。 我们根据种种情况分析,要利用他想当官怕出事这一点,扒他铁路,让他害怕,对我们让出交通线,保证老胡同志安全通过。

黑柱他大笑着向小王叔叔看一眼,高兴地吸了几口烟,说:"上级把小鬼子的事情打探得这么细,松山真的要老实低头了。"

肖队长说:"这行,这就像杀猪割喉咙一样。"

小王叔叔说:"老胡同志让我来听听大家意见,我们配合行动。"

陇海铁路这段秘密交通线,西起石湖村,东到牛山镇,约有二十多里路。松山小队长住在石湖。小鬼子知道这段陇海铁路是苏北新四军和山东八路军的交通要道，派松山来石湖，就是为了封锁这条苏鲁交通线。松山想在这条秘密的交通线上做出一点事情来，给在新浦火车站的大队长看看，过去十分钟一趟巡逻车，现在又添了几辆巡逻车，打破时间上的秩序，加强巡逻密度。他还加强了巡逻队，由十人一班增加到十五人，一共是五班，通宵交叉巡逻。

太阳刚落下去，天还没有完全黑下来，村里呈现出一派既紧张又激动的气氛。村巷里来来往往都是人，脸上都是严肃的神情，民兵背着枪朝村头松树下跑去排队集合，群众扛着锹，也朝村头松树下跑去站队集合，部队上的人也在小花园那边集合起来，要配合民兵、群众一块扒铁路。

王登科和周自深的心也动了，对肖队长说："大队长，我们也想去。"

肖队长看了看他俩，说："快去集合。"

他俩喜得咧开嘴，扛着锹朝村头跑。自从卞福贵装疯跑进城，他俩心里一直不安稳，担忧村干部会不会怀疑他们也是表面上支持抗日，心里想着城里的小鬼子和伪军。他们一直想找机会，能在村干部面前表现表现，表明自己积极抗日的态度，和卞福贵根本不是一样的人。他们没有想到，肖队长没有一点犹豫，很干脆地同意他们一道去扒小鬼子的铁路。

儿童团员个个扛着红缨枪，在卞家大院前集合排队。他们昂首挺胸，就像马上要去打小鬼子似的。

十二　小鬼子突然袭击了

小和尚告诉大家,儿童团不去扒铁路,留在村里站岗放哨。

顿时,兴奋中的黑柱、矮墩他们像打满气的皮球被戳了一针似的泄气了,用不满的眼神瞟着小和尚,说:"我们为什么不能扒铁路? 我们不留下来,也去扒铁路!"

小和尚生气地说:"你们想去扒铁路,我不想吗? 我跟干大说了几回,他不同意,还熊我不守纪律,说村里大人都走了,儿童团留下站岗很重要。"

黑柱说:"留下重要,他们怎么不留下?"

小和尚说:"你们朝我喊什么,有能力找我干大去喊!"

黑柱像被呛了一口冷风似,闭住了嘴。 说归说,要让他去找肖队长论理,他不敢,如果去了肯定是猪八戒照镜子自找难看!

村里人几乎全部动员起来,出村参加扒铁路去了。

胡老师也出了村。 这几天,他老是去张谷村参加减租减息会议。

小王叔叔在村里,跑来跑去忙着什么事儿。

小和尚和黑柱他们追着小王叔叔问:"你和胡老师要走吗?"

小王叔叔脸上笑了笑,模棱两可地说:"说不准。 不过,也许说走就走。"

儿童团员们心里酸酸的,想哭。

小王叔叔说:"民兵都去铁路上了,村里的站岗放哨交给你们了,可要提高警惕哟。"

"是!"儿童团员们气宇轩昂地大声说。

小王叔叔没有看到卞小兰,目光落在小和尚脸上,问:"卞小兰怎么没来?"

小和尚还没有及时回答,儿童团员们七嘴八舌地抢着说:

"我们不要她,她放跑了她大大。"

"她不好意思来了,来了也没人理睬她。"

……

小王叔叔朝大家挥挥手,示意不要吵吵嚷嚷。儿童团员们安静下来了。小王叔叔说:"卞福贵和卞小兰不是一样的人,你们错怪她了,卞福贵不是她放走的……"

黑柱火火地说:"不是她放走的,卞福贵怎么跑出村的?"

小王叔叔说:"卞福贵装疯不仅瞒住了我和肖队长,也瞒住了你们。大家想一想,卞小兰也不是孙悟空,不是火眼金睛,怎能识破他大大装疯?"

矮墩说:"她大大肯定告诉她装疯的。"

小王叔叔说:"卞福贵装疯,连卞小兰她妈也不知道,卞小兰能知道吗?她在儿童团里表现一直是积极的,让她大大上了公民榜,挖出了她大大藏起来的枪,能做这些事情容易吗?大家说是不是?"

儿童团员们鼓着嘴,不说话了。

小王叔叔笑嘻嘻地问小和尚:"团长,你说是不是这样?"

小和尚低下头,用脚尖在地上轻轻地踢了踢。

小王叔叔望望大家,亲热地说:"我们去把卞小兰喊来。

十二 小鬼子突然袭击了

145

谁去?"

大家相互望望,没有人答应,一直沉默着。

小王叔叔打破沉默,盯着小和尚说:"你去喊她来。"

小和尚抬起手搔着脖子,犯难地说:"我,我……"

"你还想说什么?"小王叔叔用不容违拗的口气,塞住了小和尚还想分辩什么的嘴巴,说,"你是她朋友,又是她的团长,快去叫她来!"

小和尚盯一眼小王叔叔,慢腾腾地去了。

很多天了,卞小兰没有参加儿童团活动,小和尚进出大门也不理睬她,每当院子外响起儿童团员的歌声、笑声,卞小兰心里像猫爪抓一样难受,想迫不及待地跑出去,挤到他们一起去。但聪明的卞小兰没有出去,只是忍住委屈、痛苦,让难过的泪水悄悄地流在脸上,滴下来,落在衣服上。她想,春生、黑柱他们不会相信她的,春生是她最好的朋友都不相信她,黑柱、矮墩、杏子能相信她? 唉,真是没有比失去伙伴们的信任更痛苦的事了! 她恨大大,也恨妈妈,也恨那个只见了两次面的大姐夫,她觉得自己没有脸面再见小伙伴们了……

小和尚突然出现在眼前,卞小兰像在阴天里突然见到太阳一样,眼前一亮,心情激荡。 此时此刻,温暖的抚慰,信任的兴奋,使卞小兰身子微微地抖动起来。

"小王叔叔叫你去!"说这话时,小和尚低着脑袋,一点不肯抬起来。

卞小兰激动地想对小和尚说些什么,又不知说什么好。 她跟着小和尚走出家院。

小王叔叔让卞小兰站进了队伍里。卞小兰一直深深地埋着头。

儿童团行动起来了,在大洼里、小花园、村头松树下设下岗哨,在村巷里来来回回地巡逻。

这当儿,村外远远的铁路上正热闹着哩!小鬼子的巡逻车上的探照灯照得最远,巡逻队跑得最勤快,也会像凶残的老虎有打盹的时候,巡逻车轰轰隆隆一过去,巡逻队的身影一消失,民兵、群众和队伍上的人像潮水一样扑上铁路,有的拔道钉,有的撬铁轨,有的刨倒电线杆。人心齐泰山移,铁路被扒了一大段,电杆被砍断五六棵,电线被破坏了一大截。临走时,在铁路边小鬼子巡逻要走的小路上,埋下几颗串在一起的大地雷。

第三天,石湖车站传过来消息,那天小鬼子和伪军巡逻返回时,炸死三个小鬼子和四个伪军,还有一个小鬼子和两个伪军被炸断了胳膊和双腿,陇海铁路上的火车也停了跑。松山被新浦火车站的大队长叫过去,挨了一顿猛批后,回到石湖车站,他又把火气全都发泄在伪军身上,伪军小队长挨了一顿结结实实的皮鞭子,几个伪军班长被打了几个耳刮子。松山发狠说,晚上一定要加紧巡逻,不让民兵上铁路,一定做出点好样子给上司看看。

朱樊村的老百姓和队伍上的人像过节日一样欣喜若狂,三五成群,在一起谈那晚如何如何扒铁路,有鼻子有眼说松山如何被大队长狠狠地踢了几脚,还朝他脸上吐了几口唾沫。

十二 小鬼子突然袭击了

147

儿童团员们听得心里火烧火燎，埋怨小和尚没有用，不能带着他们去扒铁路、埋地雷炸小鬼子。

小和尚心火被大家点着了，冲冲地找到肖队长，瓮声瓮气地说："干大，再去扒铁路，我们儿童团也要去！"

肖队长说："在家站岗也是任务。"

小和尚顿着脚喊："你还是看不起我们。"

肖队长说："谁说的？"

小和尚歪着脖子说："那你怎不让我们去扒铁路？"

肖队长笑了，拉住小和尚的手说："你个小子，学会跟我绕弯子说话了。我现在不敢小看你们了，儿童团人小能办大事。"

小和尚嘴角翘了翘，笑了。

肖队长说："我真拿你没有办法。说个道理给你听听，我们为什么能顺顺当当地扒铁路，这里也有你们功劳……"

"我们有什么功劳？"小和尚晃晃脑袋。

肖队长继续说："怎么没有你们功劳？没有你们在村里站岗，万一坏蛋混进来，我们还能安安稳稳地扒铁路？"

小和尚又晃晃脑袋："你不要用好话哄我，反正我们要上铁路……"

肖队长也硬劲上来了："你还是儿童团长哩，怎么听从命令的！要懂好歹，回去对大家说，在村里站岗也是帮着扒铁路！"

小和尚嘟着嘴，气呼呼地离开了。

村里组织民兵和群众又要扒铁路去了。肖队长挥动着有力的拳头说:"这一次扒铁路要扒得更大,埋的地雷要更多,非把松山彻底打垮,向我们告饶认输!"

这一次,村里去扒铁路的人更多了。

这一天晚上,胡老师又出了村,去了张老庄。小王叔叔没有出村子,忙着写什么东西。

谁也不会知道,在这一个漆黑的伸手不见五指的晚上,城里交通站送来紧急情报,小鬼子听信了卞福贵报告,要包围朱樊村。

村里的民兵全走了,队伍上的人也走了,群众大都也走了,胡老师正巧也走了,只有小王叔叔和儿童团员没有走。

小王叔叔十分镇定,对儿童团员们说:"胡老师不在,小鬼子来了什么也得不到。"

小和尚说:"他们会抓你的。"

小王叔叔说:"他们抓不到我。"

"妈的!"小和尚恨恨地捏了捏手里红缨枪,咬着牙说,"抓住卞福贵一定不饶他!"

小王叔叔对小和尚说:"小鬼子主要是奔你们胡老师和我来的,你马上带着儿童团员和群众转移,我自己也转移出去……"

小和尚拉着小王叔叔膀子,说:"我跟你走,你不熟悉这儿……"

小王叔叔不同意:"不能因为我一个人牵累大家。你是儿童团长,带好大家……"

"我给小王叔叔带路!"卞小兰突然插上来说了一句,"到大

十二 小鬼子突然袭击了

宫庄去,我姨父家在那里。到那里我有办法。"

小王叔叔怔了一下,儿童团员们都怔了一下。大家闹哄哄起来:

"她带路?她想把小王叔叔带给小鬼子?"

"小王叔叔不能让她带路!"

小和尚眼睛珠子一动不动地望着小王叔叔,说:"她不能带路,她……"

卞小兰睁大了眼睛,泪水在眼泡里浮动着,浑身微微抖着,嘴张着,喉咙里像被堵上一块东西说不出话来。半晌,终于大声说:"我的心是纯洁的,是真的,真的。"

黑柱一咧嘴,不冷不热地说了一句:"什么心纯洁,心怎么纯洁,纯洁是什么,纯洁怎么放走你大大?你没有资格给小王叔叔带路!"

卞小兰眼泪像断了线的珠子在脸上滚,"我是纯洁的嘛……"

小王叔叔心里翻滚着热辣辣的感情波涛,用含笑的眼睛看着卞小兰。他走上前,两手抓住她双肩,大声说:"我完全相信你!你是一个合格的儿童团员,跟我走吧!"

一股温暖又酸楚的激动感情,像电流一样传遍卞小兰全身,她真想扑到小王叔叔怀里大哭一场。

小和尚和儿童团员们没有预料到,小王叔叔会这么做,心里酸酸地想,小王叔叔为什么不信我们的话,卞小兰淌下几滴眼泪就值得相信吗?

小王叔叔坚定地说:"你们放心吧,卞小兰熟悉大宫庄,我不会有事的。"

儿童团员们看着小王叔叔带着卞小兰闯进黑洞洞的夜色里。

夏末的天气特别闷热,没有一丝风。

大宫庄离朱樊村三十几里路。

在一望无际的高粱地和玉米棒子地中间的小路上,小王叔叔和卞小兰一前一后飞跑着,他们没有话语,只听见飞快跑动的脚步声,两臂不时打在高粱、玉米棒子叶上的"叭叭"响声。

在急速奔跑中,小王叔叔仿佛听到了朱樊村传来的小鬼子进村的嘈杂声音,狗狂叫着,人家门板被剧烈地砸响着,屋里水缸被打碎了……

小鬼子和伪军确是进了朱樊村。这次突然袭击,城里的小鬼子集中了七八个据点的小鬼子和伪军,来势凶猛。卞福贵把胡老师的住处详详细细告诉了小鬼子和伪军。卞福贵没有来,他自作聪明,以为肖队长只知道他进了城,不知道他向小鬼子告了密,还想着自己日后的美好日子哩。

小鬼子扑进小花园那边的三合院子里,空空荡荡,没有人。小鬼子和伪军像一把篦子,在每一户人家里篦来篦去地进行搜索,想找到胡老师和小王叔叔。小鬼子扑空了!

小王叔叔和卞小兰进了大宫庄地界。大宫庄是一个圩子,紧傍沭河,周围河汊纵横,芦荡深深,水田成片,如果有人摇着小船跑进芦荡里,百十号人进去找不到踪影。

十二 小鬼子突然袭击了

黑夜里的芦荡一片墨绿，几乎和夜色一个颜色。大宫庄的空气很特别，田野间蒸发出芦荡和烂草蒿刺鼻的腐烂气息。路上没有人，村里也像没有人，死一般的寂静！

卞小兰脸上挂着雨帘一样的汗珠，边跑边气喘吁吁地说："小王叔叔，躲进芦荡里，小鬼子找不到……"

小王叔叔称赞道："到大宫庄是对的……"

进了大宫庄，卞小兰低低地说："上我姨父家，他是好人，和我大大不一样。"

小王叔叔默默地点点头。

卞小兰说："让我姨父用小船送我们进芦荡。"

在一家不大的屋门前，卞小兰轻轻地叩响板门。

"谁呀？"屋里人问一声。

"我呀，小兰。"卞小兰说。

门闪开了。卞小兰用冰凉的手抓住姨父的手，急促地说："是我，姨父。"

姨父摸出洋火，一擦，在短暂的光亮中看见了小王叔叔，惊讶地说："你……"

卞小兰急促地说："是我老师，八路军，小鬼子正在找他，我带他来大宫庄躲躲。"

"噢，"姨父打量一下小王叔叔，说，"这回事呀，进屋吧，我喊你姨过来……"

"不喊我姨了。"卞小兰拉住姨父的手说，"我们赶快躲进芦荡里吧，小鬼子说不定能来大宫庄搜人呢。"

刘少奇过苏鲁交通线

姨父点点头，说："那快走，趁人不知道。"

说话间，大宫庄里响起狗汪汪的叫声。

姨父拿起两把小木桨，说："快走，是小鬼子来了。"

拐了两个弯子，三个人绕到圩子西面河边，推出一只小船。姨父递给卞小兰两把桨，说："我回去了，你姨见不到我会乱嚷嚷。"他又对小王叔叔说："小兰常来这儿，会使桨的，你放心。"

姨父一离开，卞小兰把小船摇得离开了岸边。她摇桨很老练，小船像一只雪橇在光滑的冰上滑行，轻巧飞快。

小船离开小河，徐徐拐进了芦荡里。

大宫庄里传来咚咚的砸门声，响起女人惊悚的叫声和小孩子的啼哭声。小鬼子和伪军在朱樊村扑了空，又扑进邻近几个村庄。

在大宫庄，小鬼子搜索了每一户人家。小鬼子、伪军站在河边，望着黑压压的一大片芦荡，心想，他们也许会藏进芦荡。他们用手电筒朝芦荡里照了照，又朝里面"叭叭"放了一通枪，惊得一群群鸟儿"呼啦啦"飞出来。伪军扯开嗓门朝里喊："芦荡里的八路出来吧，我看见你了——"

芦荡里无声无息，小船隐蔽得没露一点痕迹，卞小兰心细，用有人割下来的芦苇，把小船遮盖得严严实实。她像大人似的对小王叔叔说："小鬼子、伪军是瞎喊，看不见人。"

芦荡静悄悄的。小鬼子仔细地听了听，对几个伪军叽里咕噜讲上几句话，四五个伪军摇着一只小船，朝芦荡过来。

十二　小鬼子突然袭击了

卞小兰沉静地说:"他们看不见我俩。"

小船进了芦荡,伪军站在船头上,用手电筒四处乱照,两手套在嘴上朝里喊:"我看见你了,出来——"

芦荡漆黑漆黑的,深不可测。几个伪军怕里面藏着八路军,万一朝他们开枪就逃不走了,朝里胡乱地"叭叭"放上一阵子枪,掉过船头跑了。他们还自我安慰,讪讪地说道:"哪里有人,有人早吓出来了。"

天要亮时,小鬼子悻悻地离开了大宫庄,赶回城里。

太阳出来了,照红了芦荡。河边响起卞小兰姨父的呼喊声。卞小兰把小船摇出了芦荡……

十三　怕死不是儿童团员

小王叔叔和卞小兰回到村里，看到胡老师住的房子和不少人家的房子被小鬼子烧毁了，还在冒着一小缕一小缕黑烟，有几十家养的鸡、鸭、羊全被掳走了，气得眼里直冒火。刚刚扒过铁路回来的民兵和不少老百姓破口大骂："小鬼子，不得好死，一群猪狗不如的东西！"

小王叔叔说："房子烧了再盖，大人小孩没有事情就好。"

肖队长正在为小王叔叔和儿童团员担心呢！看到小王叔叔和儿童团员平安回来，舒了一口气，说："老胡和小王都平安，我就放心了。"

小王叔叔向大家说起了昨晚在大宫庄惊心动魄的一幕，说卞小兰如何如何带着他隐蔽到芦荡里，小鬼子放枪，卞小兰如何如何镇定周旋。卞小兰被小王叔叔夸成了一朵花。

肖队长两眼热乎乎地盯着卞小兰，说："小兰，不孬，好好干下去！"

卞小兰两手玩弄着垂在胸前的小辫子，浅浅地一笑。

儿童团员们都像是犯了错误似的,不好意思用正眼看着卞小兰。

"嘿嘿,"小和尚用含笑的眼睛望着卞小兰,道歉说,"小兰,我错怪你了……"

小王叔叔抓过小和尚和卞小兰的手,把他们握在一起。小和尚和卞小兰相互望着,心里激动地跳荡着。

小王叔叔说:"小兰,你不生你们团长气了吧?"

卞小兰眼睛一下子笑开来。

小王叔叔说:"春生,睬不睬小兰了?"

小和尚扬起脑袋,说:"睬!"

这时,肖队长乐陶陶地说:"两个小孩都不孬……"

太阳爬到天中间了,太阳光蒸得人浑身冒火难受。

村西大洼那边过来三个人,是黑柱和杏子端着红缨枪,押着一个细高挑个子的人走过来。隔着老远的路,黑柱就叫道:"肖队长,这个人说是从城里来,要找你。我看他东张西望,像是个坏蛋。"

肖队长认出了来人,笑呵呵地迎上去,说:"哈哈,大水冲了龙王庙,真是不认一家人了。"

那人笑了笑,脸上马上镇定下来,像有什么大事儿,头上的斗篷没拿下,在肖队长耳朵边嘀咕一阵子话,就匆匆赶回去了。

那人是谁?神神秘秘有什么事?小和尚和儿童团员们眼睛一直盯着那人远去的背影,直到看不见。

不到一顿饭工夫,村里人都知道了,松山告饶了,他是实在受不了，捎来信，答应今后共产党队伍可以悄悄过铁路，只是不要再扒铁路了。

松山告饶了，村里各种各样的传说像插了翅膀一样不胫而走，有的说，这一次埋下的大地雷炸死了六七个小鬼子，松山气急得眼珠子差一点要暴挤出来；有的说，松山气得没办法，流鼻涕流眼泪，呜呜嗨嗨哭了；有的说，松山被新浦火车站上的大队长叫去，要关他坐地牢，松山苦苦告饶，大队长才饶他这一回，但对他说：如果铁路再被扒了，要撤他的职。松山回到石湖，哭哭啼啼地告诉老婆子，倒楣地说："石湖这个地方晦气，不是当官升官的地方，是个炸药包，天天提心吊胆……"

"胜利了——胜利了——"儿童团员们不顾毒辣辣的太阳光烤在身上发疼，在村巷里跑着喊着。

县里交通站又传来指示，山东秘密交通站已做好护送胡老师的准备，要抓紧护送胡老师去山东，城里的小鬼子伪军有可能随时去朱樊村……

肖队长找小王叔叔商量办法，走到卞家大院子门前，撞见了小王叔叔、小和尚和卞小兰。

肖队长抬手满脸抹一把汗水，看着小王叔叔说："我担心小鬼子有诈。"

小王叔叔点点头说："小鬼子什么事都能干出来。"

肖队长说："我看呀，派人去打探一下。"

小王叔叔问："怎么个打探？"

肖队长说："到车站摸摸情况。现在就是考虑派谁去……"

十三　怕死不是儿童团员

听着讲话的小和尚和卞小兰相互望了望,小和尚在卞小兰耳朵边上说了几句话,问:"我们去怎么样?"

卞小兰点点头:"行,我去。"

小和尚向着肖队长和小王叔叔跨了一大步,挺着结实的胸脯,有力地说:"让我们去,我们保证完成任务!"

卞小兰帮腔说:"我们小孩到车站上小鬼子不会注意。"

肖队长和小王叔叔先一愣,随即望了望两个雄赳赳、气昂昂的儿童团员,禁不住大笑起来。肖队长对小王叔叔说:"嗯,有道理,我真没想起来。小王老师,你看怎么样?"

小王叔叔连连点头说:"肖队长,早该想到哇。这真叫'踏破铁鞋无觅处,得来全不费工夫'呀。"

肖队长下了决心,让小和尚和卞小兰去石湖车站打探情况。

黑柱他们知道了,缠着肖队长也想去。肖队长吹胡子瞪眼睛,没有答应。

小王叔叔说话了,说,春生年纪大些,做事心细,卞小兰识字多,脑子转得快,他俩在一起有利于打探情况。这样,儿童团员们鼓着腮帮子没话说了。

天还没有亮,四面黑沉沉的,小和尚和卞小兰赶到了村口松树下。小和尚光着少毛的脑袋,上身穿着洋白布夹衫,下身套着一个大裤衩,脚上的黑布鞋子怕跑路远不跟脚在鞋跟钉上一根黑布带子,牢牢地扎在脚脖子上。卞小兰穿一件白底蓝格子褂裳,一件海昌蓝裤子,头上戴着一顶斗篷。肖队长早已拿着一顶斗篷等在这里。他把两个孩子从头到脚打量一下,把手里破了边的斗篷戴在小和尚脑袋上,说:"你就是没有小兰心细,光着头,冒着大太阳赶远路,想被晒昏过去吗?"

小和尚向卞小兰挤挤眼。

肖队长叮嘱他俩,说:"你俩遇到事要灵活些,多动动头脑。在这方面,小和尚要多向小兰学学,不要瞎闯。你们快去快回,我晚上等你们消息,懂吗?"

小和尚和卞小兰不声不响地出了村。这次出发和往常不一样,他俩不是走路,是在跑路,跑得路边的小树、小河、高粱地、黄豆地匆匆忙忙地向后面飞去。卞小兰有点跟不上小和尚的脚步,喘着粗气说:"慢点走吧。"

东边的天上透出了一条灰白的光。小和尚说:"不能慢,车站远着哩。"

卞小兰说:"时间能赶上呢,跑这么急干什么,打探情况不能急,要装作没事一样。"

小和尚放慢了脚步,说:"你说话总有理由。"

通红的太阳带着水汽腾腾地冒出地平线,金色的光芒在绿汪汪的玉米棒子叶和高粱叶上闪耀时,他俩眼睛已经看到石湖车站的红瓦房子。

车站遮在一片稀稀疏疏的树林后面,笼罩在白纱似的薄雾里。地里偶尔响起几声布谷鸟的叫声,小麻雀在庄稼地上空像小小的风筝一样飞来飞去。老百姓有的扛着锄头,有的拿着戽水斗朝地里走……

一切像往常一样,平平静静。

十三 怕死不是儿童团员

走近车站，小和尚和卞小兰心里一下紧张起来，没法子装出无事轻松的样子。

铁路边，一字排开几间红瓦房子，这是车站。车站东西两边的出口处都有小鬼子站岗，紧傍红瓦房子还有一小间水泥房子，紧靠它是一座高高的炮楼，上面飘着刺目的太阳旗，有一个小鬼子扛着枪，朝远处眺望着。

小和尚和卞小兰看见不少老百姓在车站里进出，就走了过去。走过站岗的小鬼子兵时，他们盯他俩一眼，看是小孩也没过问，让过去了。他俩提着的心稍稍放松了一下。

小和尚对卞小兰撅撅嘴，示意朝红瓦房子那边走一走，能看见屋里的小鬼子和伪军。他俩朝红瓦房子走过去。看到石头墙上贴着许多花花绿绿的宣传品，卞小兰正想上前看看上面写的是什么，背后突然响起一声熟悉的喊声，惊住了她和小和尚。

啊，是卞福贵从红瓦房里走出来，意外地发现了卞小兰和小和尚。

小和尚和卞小兰怎么也没有想到卞福贵会出现在石湖车站里，怎么也不会想到卞福贵在向城里的小鬼子报告了朱樊村住有共产党大官后，小鬼子冲去扑了空，回到城里要找他算帐，在二闺女婿的帮助下，连夜逃到了石湖车站，这里有二闺女婿的一个同学，给小鬼子做翻译。

呀，小和尚和卞小兰大吃一惊，心咚咚地跳起来。他俩都想到了跑，望望周围，小鬼子正注意着卞福贵和他俩。

刘少奇过苏鲁交通线

卞福贵脸上皮笑肉不笑的，一副很得意的样子。他万万没有想到，能在石湖车站撞见自己的小闺女和小和尚。在小鬼子到朱樊村抓胡老师扑了空，他被弄得哭笑不得、走投无路时，做梦没有想到，小和尚和自己小闺女主动送上门来了，他惊喜万分，激动异常，像抓住了一根救命稻草似的……

卞福贵伸手想把小闺女拉到自己身边，说："小兰，你不要跟着小和尚跑了。"

卞小兰用劲甩掉了大大的手，扭过脖子，眼睛不看他。

卞福贵气呼呼地说："你怎么这样痴！你大大被他们欺负得还不够吗……"

卞小兰突然喊道："你是骗子，是坏蛋，我不跟你走……"

"你，你……"卞福贵气得腮帮子上的肌肉乱哆嗦，向周围看看，见西边走来三个歪戴着帽子的伪军，向他们招招手。他们过来了，卞福贵说："把他俩抓起来，这个光头小和尚送问讯室去。"

一个伪军连拖带拽地把卞小兰带到红瓦房里，三个伪军把小和尚推搡到一边的水泥房里。卞福贵跟着小和尚进了房子，他坐在凳子上，跷着二郎腿，眼睛瞪着站在面前的小和尚。

"说，你来车站干什么？"他凶狠地问。

小和尚抿着嘴不说话，心里焦急地想，他和卞小兰被抓了，晚上不能回去怎么办……

卞福贵问："村里住的那个胡老师是什么大官，现在住哪里？"

小和尚望望卞福贵凶狠的样子，说："我怎能知道？"

"啪！啪！"卞福贵扬起胳膊，对着小和尚的脸给了两个巴掌子，"妈的，你敢犟嘴！你怎么不知道？放明白点，这里不是朱樊村，是石湖……"

小和尚仍然挺着身子，睁大眼睛，没有一点怕的样子。

卞福贵脸上又换了一副假惺惺的表情，说："你说，你要不说，日本人来了不是开玩笑的，会枪毙你。"

小和尚说："我真的不知道，你想让我瞎诌吗？"

"你还嘴犟！"卞福贵望望身边几个伪军，喊着说，"他是小共党，干大是民兵队长，他是儿童团长，知道住在朱樊村那个姓胡的共产党大官藏在哪里，你们要让他说出来。"

三个伪军扑了过来，用细麻绳子把小和尚两只手往后一扎，吊到房子桁条上，逼问："你这秃小子，说不说，你们村里住的姓胡的是个什么官？跑哪去了？"

小和尚坚定地说："卞福贵瞎编，没有共产党大官！"

"打！打！"卞福贵跺着脚喊，"不打不会招出来的。妈的，这个小和尚，肚子里都是坏水。哼，你那天以为我疯了，什么都不懂，欺负我吃鸡屎，妈的，你卞大爷心里什么都有数。小混蛋，睁大狗眼看看，你卞大爷今天活得好着呢。老天有眼，你小子也会有这倒楣一天，今天，我要让你尝尝鸡屎的味道，让你尝个饱、尝个够。"

卞福贵让一个伪军弄来鸡屎，朝小和尚嘴里硬塞着。小和尚甩着脑袋，咬牙切齿地骂道："卞福贵，你不得好死……"

"打！打！"伪军解下身上的皮带，恶狠狠地抽打在小和尚身上、脸上、脖子上……

小和尚疼得又哭又喊："妈呀——打死人哪——"

"说不说？"伪军揩揩脸上累出来的汗水，自语道，"这秃小子，头上毛不多，嘴巴挺硬的。"

小和尚说："我头上毛不多，可我还是中国人。你们是汉奸……"

"你敢嘴硬！"他们把小和尚从桁条上放下来，点起一股整香，烧他膀子、脖子、屁股、手，烧得"嗞嗞"地响。

小和尚睁着两只大圆眼，拼命地叫骂："卞福贵，你不得好死呀——你害人啦——"

小和尚身上被烧得不知疼痛了，紧闭着两眼，脸色发紫，昏死了过去。

卞福贵没有办法让小和尚说出胡老师的情况，让伪军把他关到红瓦房后的一间破屋里。他怕小和尚醒过来偷偷跑掉，让伪军用粗绳子把他手脚捆起来，还用一道绳子勒进嘴里，不让说话，绳子勒破了嘴唇，染成了红色，嘴唇朝下不停地滴滴拉拉淌血。

小和尚昏死在小屋里。这时，卞小兰在红瓦房子里，卞福贵让一个伪军看管着她，不许乱说乱动。卞小兰听到了刚刚小和尚挨打惨痛的叫声，又急又气，可没有办法去救他，恼怒地直骂她大大。看管着她的伪军说："你这个丫头，哪有小孩子骂大大的……"

十三 怕死不是儿童团员

卞小兰朝那伪军翻一个白眼，骂道："小鬼子是你什么人，你跟他们跑，不是中国人……"

那伪军气得翻起眼皮，恨不得给卞小兰两个嘴巴子，可碍着是卞福贵的小闺女，只能恨得咬咬牙根，把火气朝肚里咽，说："我告诉你大大，我告诉你大大！"

那伪军用绳子把卞小兰两手反扎绑起来，他带上门出去了。

卞小兰哭了，伤心地哭了，她不是为自己被伪军绑起来惊吓地哭了，而是为着小和尚哭。她大大想从他嘴里了解村里八路军的情况，了解胡老师的情况，他怎么会说出来呢？她大大打了他，她听见了他"哇哇"痛苦的惨叫声，她浑身的皮肉跟着疼得一颤一颤的。她为自己亲生的大大这么狠毒而痛苦地哭起来！

那边房子里听不见小和尚动静了，她一下揪住了心，他们会不会枪毙他？卞小兰害怕大大会使出坏点子，她现在相信了，大大什么坏点子都能想出来，什么样的坏事都能做出来……

她想念小和尚，心里苦苦地念叨：怪我，都怪我，怪我有一个满肚子坏水的大大……

卞小兰不会知道，小和尚已昏死了过去。

小和尚从昏迷中醒过来，看见身上斑斑血迹，没有哭。他想动一动身子，可动弹不了，身上的皮肉和血都凝结在绳子上，身子一动，疼得像锥子戳一样。屋子里又黑又热又闷人，他坐在地上，看了看周围，恍然想起刚刚发生的一切，心想：你们想让我说，我不会说的。

刘少奇过苏鲁交通线

他想起了胡老师，想起了干大和小王叔叔，一阵心情激动，说：我不会给你们丢脸的！

一缕阳光像一把匕首，透过板门上的缝隙照进来。忽然间，小和尚想起了卞小兰，想起了干大早上说的话……他焦急起来，现在不知道卞小兰下落，更不知道坏蛋又会对她怎样使坏心眼，怎么办？他想起了卞福贵，这个什么坏事都能干出来的大坏蛋，对她亲生的小闺女也能做出大坏事！

小和尚心急、心气、心恨……

太阳红红的，西斜了。

卞小兰想到了肖队长说的话，天黑时一定要赶回村里，他在等着消息……现在，她被关了，小和尚被关了，又被打了，怎么办呀？

车站上响起火车震耳朵的鸣叫声，随着，一列火车从东边轰轰隆隆开过来，震得地皮微微颤抖。卞小兰待的房子也轻轻地抖动起来。

火车在石湖车站停了下来，从车厢里走下来一个精瘦的小鬼子军官，他就是石湖车站的小鬼子小队长松山，刚从新浦火车站开会回来。

卞小兰透过屋里窗玻璃看见了松山，看见许多小鬼子和伪军向松山毕恭毕敬地立正敬礼，心想，他是个大官，说不定就是肖队长常说的松山。想到这里，她心里一亮，找松山去，他不是答应八路军能悄悄过铁路吗？我和小和尚是代表肖队长、八路军来的，他们凭什么要抓我们、打我们……他们除非是假答应八路军，故意设陷阱，那胡老师晚上过铁路就太危险了……卞小兰用牙齿使劲地咬着绑在身上的绳子，咬啊咬啊，越是心急越是咬不断，弄得牙齿和嘴唇上破得淌出了血来。她朝四周望望，看见了门边的石墙，站起身走过去，背靠着石墙，将被反绑的双手用劲地在石墙上磨，绳子扣在手腕上，每磨一下皮肉就破开一点，疼得就钻心一下。她咬紧牙齿，不停地磨绳子，皮肉和血、绳子混在了一起，皮肉和血糊在了石墙上。

好了，好了，绳子断了，卞小兰竟忘了手腕上的疼痛，向着松山刚刚进去的房子跑去。到了门口，有两个小鬼子持枪站岗，卞小兰一点不怕，直接跑过去，就要进门，小鬼子用带刺刀的枪挡住了，唔唔哇哇地说了一通话。卞小兰不知道小鬼子说些什么，急得想哭。

这时，松山看见了卞小兰，对一个胖胖的翻译官说了几句话，翻译官走过来，盯着卞小兰问："小孩，干什么？"

卞小兰理直气壮地说："我是肖队长派来的。"

翻译官愣了愣，问："谁派来的？"

卞小兰说："朱樊村民兵队长肖明桥派我来找松山小队长。"

翻译官迟疑了一下，把卞小兰的话说给松山听了。松山怀疑地朝门外的卞小兰望望，随即，抬抬手，示意门口的小鬼子让卞小兰进来。

松山通过翻译官问卞小兰："你是什么人？"

"儿童团员。"

"什么地方的人?"

"朱樊村。"

"谁让你来的?"

"肖队长。"

"你来干什么?"

"看你们真答应还是假答应我们过铁路。"

"他们派你来的?"

"那还假?"卞小兰把自己刚刚绑起来的双手送给他们看,"他们说我是小八路。我们还有一个人被你们关起来……"

突然,松山伸手抓住卞小兰胸前衣服,眼睛凶狠地瞪着卞小兰,像是要把她吞下肚子,叽里咕噜说了一通话。翻译官说了几句话。翻译官接上说:"皇军问你,一个姓胡的人现在跑哪去了?"

卞小兰怔了怔,说:"我不知道大人的事情。"

翻译官说:"你学会狡猾了。告诉皇军,对你大大的好,你要不说就不让你回家了。"

卞小兰听了,心一跳,真不让回去就糟了。她朝松山望望,心想,小鬼子真的说话不算话了?幸亏肖队长和小王叔叔派我们来打听打听,要不胡老师过铁路就吃大亏了……

松山掏出手枪,枪口顶着卞小兰的脑门子,又叽里咕噜说了一通话。翻译官说:"皇军说了,你要不说实话,他现在枪毙你。"

卞小兰心紧张地跳着,真的以为小鬼子要枪毙自己了,紧紧

十三 怕死不是儿童团员

眯起眼睛，怕看见小鬼子扣动手枪扳机的一瞬间。在死亡面前，她没有想得很多，只是想，小鬼子也会枪毙春生吗？妈妈、肖队长、胡老师、小王老师，还有黑柱他们，能知道我和春生死了吗？卞小兰一声不吭，等待小鬼子开枪。等待开枪的时间，是等待死亡的时间，卞小兰像走过难熬的漫长的黑暗的冬夜。

手枪一直没有打响。

松山见卞小兰不怕死，又换了一个花样，收起手枪，"嘿嘿"一笑，用手拍了拍卞小兰肩膀，说了一句话。翻译官立即说："皇军说了，你要说出真话，皇军给你糖吃，给你家送猪肉……"

卞小兰说："你们说话算不算数，不是答应八路军过铁路的吗？肖队长说了，晚上不见我们回去，还要扒铁路。"

翻译官把卞小兰的话说给松山听了，他气得用手猛地拍一下桌子，震得桌上一个杯子跳了几跳。松山望了望卞小兰，阴沉着脸，右手向外摆了摆。

翻译官晃晃头，说："皇军说话算话，你们可以过铁路，你回去告诉他们……"

卞小兰说："你们还抓了我们一个人。"

翻译官说："谁抓的？"

卞小兰说："卞福贵。"

翻译官低低地骂了一句什么，走出屋，不一会儿回来，后面跟着走路跟跟跄跄的小和尚，他身上的衣服被打得破破烂烂的，有的地方被血水染得通红……卞小兰像几十天没有见着小和尚似的,真想对着他喊几声,但喉咙像被东西卡住似的说不出话来。

翻译官嘴巴在松山耳朵边说了几句话,松山又惊又愣,像遇见一件稀奇珍宝似的仔细地打量一遍卞小兰,嘴里连连说着什么。

翻译官盯着卞小兰问:"卞福贵是你什么人?"

卞小兰淡漠地说:"不知道。"

翻译官问:"他是你父亲吗?"

卞小兰摇摇头:"不是。"

翻译官困惑地说:"你不是姓卞吗? 是朱樊村人? 他刚刚说你是他小闺女。 我是你二姐夫的朋友、同学,你这丫头脾气真倔,怎么连亲生的大大都不认呢?"

卞小兰冷冷地说:"他不是我大大!"

翻译官被惊住了,小和尚也被惊住了,用热乎乎的眼睛望着卞小兰,眼里滚动着湿湿的泪珠……

翻译官说:"小丫头,你大大在那边等你去,你去吧……"

卞小兰朝翻译官狠狠地白了一眼,说:"鬼才去呢!"

卞小兰搀扶着小和尚,跟跟跄跄走出门。

翻译官不解地晃晃头,说:"这个丫头真的不像是卞福贵生的……"

十三　怕死不是儿童团员

十四　胡老师讲的最后一堂课

天上的星星闪亮的时候，小和尚和卞小兰赶回到村里。肖队长在胡老师那儿商量事情，听说他俩回来了，他和胡老师会心地笑了。胡老师说："今晚过铁路！"

肖队长大步流星朝家里赶，半路上，他遇见了小和尚和卞小兰，看见他俩身上的伤口，听到他们打探情况的经过，把他俩搂在怀里，疼爱地说："好孩子，吃苦了，吃苦了。"

淡淡的夜色里，两个孩子在肖队长怀里，像躺在温柔的摇篮里，感情激动。在外边吃了很多苦楚，这时在最亲近的人身边，那些苦楚，一下子化作了清澈酸楚的泪水，止不住地流淌了下来。

淌吧，淌吧，让这清亮酸楚的泪水尽情地淌，去抚摸疼痛的伤口，去慰藉焦灼的感情，去滋润两颗少年的心……

在沉静中，肖队长用平缓的话语打破了沉寂："我本该让你们回家歇息的，可胡老师和小王叔叔今晚就要走，现在抗日学校给儿童团上最后一堂课，你们回家吃点饭，赶去听课吧。"

小和尚和卞小兰不像刚刚从小鬼子的樊笼里解放出来，不像刚刚经历过伪军的皮带抽打和绳子的折磨，不像刚刚长途跋涉疲累饥渴的样子，飞一样地向抗日学校跑去，肖队长在后边大步跑着也没有追上他们。

　　胡老师要走了，要离开朱樊村。他向村里提出来，要在抗日学校给儿童团上最后一堂课。肖队长不同意，说："老胡同志，石湖那边虽然情况正常，但也说不准，说变化就会变化的，迟走不如早走，我们马上送你过铁路。"

　　胡老师点上一支烟，吸上一口，笑着说："再紧张，我也要上完最后一堂课。"

　　小和尚赶到课堂上，看见屋里屋外挤满了人，屋里挂着一盏汽灯，照得四处明亮亮的，屋外的几棵树上挂着几盏汽灯，照得周围几乎像白天一样亮堂。他拉着卞小兰的手，像两条鲤鱼似的，溜滑地钻进人群，进到里边。

　　儿童团员被人群围着，他们扛着红缨枪，整齐地坐在地上。胡老师站在一张桌子前，正在点儿童团员们的名字：

"姜尚德。"

"到！"

"李春生。"

"到！"

"卞小兰。"

"到！"

　　院子里出奇地静寂。

儿童团员们回答胡老师的声音都有点异样的激动。

站在一边的十几个队伍上的干部和战士，还有民兵、群众都静静地听着胡老师讲话。

胡老师点完名字了。他抬起眼睛，望着一个个儿童团员，说："同学们，今天晚上，我给你们上最后一堂课。"

说到这里，他话音忽然停顿下来，好像在思索什么……

"同学们，"稍停之后，他向儿童团员们说，"上抗日学校以来，你们已经知道很多革命的道理，知道你们是未来的主人，抗战胜利后，新中国的建设，就靠你们。你们是红色的孩子，红要红在心里。"

儿童团员们心情激动，像有许多激动的话想对胡老师说又说不出来，只有一双双热热的眼睛牢牢地盯着他。

胡老师说："现在法西斯的头子希特勒正在进攻苏联，在我们中国，蒋介石正在积极反共，磨擦分裂，破坏抗战，引起全国人民的反对，共产党劝他不听，真是顽固，像茅坑的石头，又臭又硬！蒋介石这叫独裁专制，不抗日，又不让别人抗日；不民主，又不许别人办事。件件都是包而不办，叫做占着茅厕不屙屎！正如国民党《大公报》送他的两句话：好话先生说尽，坏事先生做绝。"

"呵呵呵。"院子里响起一阵开心的笑声。很快，大家安静下来，继续入神地听胡老师讲话。

胡老师目光炯炯有神，继续说："我们共产党主张，抗日的事情大家干，国家的事情大家办，有话大家讲，有工大家做，有

刘少奇过苏鲁交通线

田大家种,有饭大家吃,有学大家上。 我们事事从全国四万万五千万人出发,事事想到全国四万万五千万同胞,才能坚持抗战,最后取得胜利。"

说到这里,他有力地甩开右臂,把手挥向天空。 他刚走进课堂时的那种温文恬静的神态不见了,眼中光芒锐利,脸上神情炽烈而坚定,头上冒出了一颗颗汗珠。

院子里响起哗哗的掌声,像暴风雨似的。

这时,小王叔叔从一边跑过来,对儿童团员们打了一个手势,把右手朝上抬抬,儿童团员们看明白了,都从地上纷纷地站起来。

"儿童团员们,我们唱歌。"小王叔叔异常激动,打起有力的节拍。 儿童团员们扯开喉咙,高声唱起来:

"我们有亲爱的毛泽东,

我们有亲爱的斯大林,

我们就一定会胜利。

……"

胡老师就要走了。

人的感情是多么复杂和微妙啊,平日,在焦灼地等待时机,以便能安全地护卫着胡老师离开这里,抵达延安。 现在就要走了,小王叔叔心情无法抑制地沉重起来。 四个月的朱樊村生活,既紧张又和谐、温馨,难道就要这样结束,就这样离开可爱的小和尚、卞小兰、黑柱,离开勇敢、强悍、直言直语的肖队长?

十四 胡老师讲的最后一堂课

天上静静的,月牙的光芒淡淡的,闪耀着的星星密密麻麻数不清有多少。

平静的小河里,偶尔响起"扑通"一声响;黑黑的庄稼地里不时飘来暗暗的清香。

在村口,护送胡老师的队伍集合哨吹响起来了,他们就要出发。民兵迅速地排好队伍,儿童团员也迅速地排好队伍。

肖队长对着儿童团的队伍说:"你们在村里站好岗。"

"不!"小和尚第一次竟敢大胆地和干大唱对台戏,说,"我们儿童团要送胡老师过铁路。"

卞小兰跟着说:"我要去!"

黑柱抢着说:"我要去!"

儿童团员们都嚷道:"我也去,我也去!"

"你们还有纪律吗!"肖队长猛地拉下脸来,不高兴了。

一刹那,儿童团员们被吓住了,不敢再看肖队长,耷下头,没有一句话。小和尚眼里涌出来一串热泪。

"唉——"肖队长心烦地叹口气。

真的,小和尚哭了,抽动着双肩哭了。

"好啦,好啦,"肖队长对小和尚说,"不要动不动就淌眼泪。你刚从石湖赶回来,走远路行吗?"

小和尚不作回答,也不点头,泪珠滴滴嗒嗒地往下掉。

肖队长说:"你代表儿童团去送胡老师,行了吧!"

儿童团队伍乱了,拥挤在一起,喊声一片:

"我也去,我也去嘛——"

"算哪!"肖队长手在空中一抢,火呛呛地说,"你们留下来。"

一群人过来了,胡老师信步走过来。

小和尚朝胡老师喊了一声:"胡老师——"

胡老师拍了拍小和尚肩膀,说:"现在识多少字哪?"

"四百五十二个。"小和尚不知是激动,还是一天疲劳、饥饿的折磨,身子微微地抖动。

"你呢?"胡老师望着黑柱。

黑柱已忘掉了不让他送胡老师过铁路的不快,激动地伸出四个手指说:"四百一十二个。"

"哟,怎么比你们团长少呀。"胡老师和蔼地笑道,"要向他学习,超过他,能吗?"

"嘿嘿。"黑柱摸摸脑袋,不好意思地笑笑。

"小王,"胡老师喊过来小王叔叔,说,"书呢?"

小王叔叔从身上皮包里拿出两本书,递给胡老师。胡老师望望儿童团员们,盯着小和尚说:"我赠给你们两本书,一本《扬子江前线》,一本《抗日歌曲选》。你们要好好学习。"

"是!"小和尚一只手握着红缨枪,一只手把书紧紧抱在怀里。

小王叔叔从怀里掏出一个东西,庄重地递给小和尚,说:"你拿住,好好珍惜。"

天黑黝黝的,小和尚看不清小王叔叔送的是什么,就问:"什么东西?"

小王叔叔说:"毛主席相片。"

"真的呀!"小和尚惊喜地叫起来。

儿童团员们都拥过来:"我看看,我看看!"

小和尚说:"不要挤,你们都有看的。"

小王叔叔说:"给你们留个纪念。你们要保管好,不能弄坏了。"

小和尚保证说:"一定不会弄坏。"

卞小兰说:"给我收藏吧,我有一个小本子,放在里面不会坏。"

……

队伍出发了,说是走,还不如说是跑。

一边跑,小和尚一边问小王叔叔:"你们还能再来吗?"

小王叔叔说:"一定再来。"

小和尚问:"你们往哪走呢?"

小王叔叔没有说话,抬眼朝天上望望,随后,用手指着北边天上几颗亮亮的星星,说:"看见那几颗最亮的星吧,就朝那儿走。"

小和尚问:"那是什么地方?"

小王叔叔想了想,说:"是北方。你要想胡老师呀,看到那几颗星星就像见到他一样。"

"真的呀。"小和尚颇有些激动,又问,"那几颗星为什么最亮?"

小王叔叔说:"那是北斗星,它们靠我们最近,所以也

刘少奇过苏鲁交通线

最亮。"

"北斗星。"小和尚眼睛不时地看看天上的北斗星，在密密麻麻的星群里它是那么明亮、清丽和耀眼。

在黑夜里赶路，小和尚只知道跟着队伍跑，也不问路跑了有多远，跑到了什么地方。

"到铁路了。"有人悄悄说。

小和尚有些吃惊："走这样快呀，很快就到铁路啦！"

黑暗里的庄稼地一片肃静，如果不是小鬼子的铁壳巡逻车隆隆驶过的响声，和那雪白的探照灯光刺破夜空，哪里看得出这是一个不平静、充满血腥味的夜晚。

两条铁轨冰凉地横穿过庄稼地。这就是惊心动魄的陇海铁路，这就是小鬼子企图封锁住共产党人去延安的大铁路，这就是被小鬼子掠夺去的成为抢掠中国人财富的大动脉！小鬼子说它不可逾越，称这窄窄的两条铁轨，犹如滔天巨浪的黄河，皑皑白雪的天山……

巡逻车一过去，下面再有一会儿，小鬼子一排巡逻队又会走过来。肖队长迅速跳上铁路，朝两边看看，随后，向隐蔽在庄稼地里的队伍招招手，一群人很快地上了铁路。

胡老师跨上了路基，突然站住了，指着铁路南边问："这是什么庄？"

肖队长说："洪庄。"

胡老师又问："那边有没有敌人？"

肖队长说："有。"

十四 胡老师讲的最后一堂课

肖队长脸上镇静,心里很焦急,这是在小鬼子的铁路上呀,尽管松山口头许诺,保证八路军过铁路安全,但小鬼子险恶奸诈,瞬息万变,巡逻车和巡逻队马上就要过来,万一……他的心止不住地咚咚跳,想催胡老师快走。这时,胡老师却转过身子,又走回到路那边,跳进路沟里,用手一下一下细细地丈量沟有多深,接着,一步一步走起来,用脚步数数沟有多宽。

肖队长急坏了。

"老胡同志,很危险哪,还是快走吧!"他顾不得什么了,催促说。

"好的,"胡老师说,"马上就好了。"

胡老师依然一步一步走着,看那轻松的神情,全然不像在小鬼子封锁的铁路上,倒像是在和平的环境里从容不迫地散步。这边测量完了,到了铁路那边,胡老师又跳进了路沟里量起来。

肖队长心急如焚,用手扯扯小王叔叔衣袖,让他催促胡老师离开这里。

小王叔叔知道胡老师的脾气,他不量完路沟不会走的,于是向肖队长微微地摆摆头。

肖队长急得跑上前,又说:"老胡同志,你走吧,这里随时可能有敌人来。等你过去,我来给你量,保险不会错,一分一毫也不差。"

胡老师望了望一脸着急神情的肖队长,安慰说:"好同志,不要紧的。我想具体了解路沟是怎样的。自己了解,总要比听人汇报好。你看,耽误的时间不是不多么?"

刘少奇过苏鲁交通线

肖队长点点头，笑了笑，心还是紧张得咚咚跳。

说完话，胡老师转过身，见大家都静静地看着他。他笑了，说："怎么，以为这些没用吗？是啊，现在我们正处在艰苦的斗争时期，胜利之日似乎还很遥远。但是，只要我们战胜艰难，英勇奋斗，抗战一定会胜利的。到了那时，我们经过这里，再不必偷偷摸摸了，想什么时间走就什么时间走，大摇大摆，你们看有多好啊！"

胡老师走出了路沟，几十个八路军同志护卫着他离开铁路，那边隐蔽在庄稼地里的山东秘密交通站的人一下子迎上来。肖队长和民兵、小和尚终于如释重负地歇口气。

胡老师和小王叔叔他们的身影很快消失在黑暗里。

黑夜里响起几声青蛙和蝈蝈的叫声，显示出夏夜的安宁和神秘。

小和尚站在铁路上，屏息静气的，想听听胡老师他们最后走去的脚步声，可怎么也听不见。他真的走了，小王叔叔也真的走了，他们还能再回来吗……他心里有些空空落落的，不好受。

他抬起眼睛，看着北方天幕上的星星，那儿的星星真密呀，数也数不清，像一条明亮的河。在这条河里，北斗星像火焰一样熊熊燃烧，照亮了北方天空。他自言自语地说："胡老师就是朝着那边走的……"

后　记

　　首先，感谢刘源将军题写书名，感谢刘丁先生作序。

　　这本书稿写于 1997 年春天，想在刘少奇同志诞辰一百周年之际能够面世，因总觉得不够成熟，迟迟没有拿出来。这些年，我的报告文学写得较顺手，但一直没有忘记这本书，书里的人物时常会出现在我的脑海里，出现在梦中，呼唤着我。时间如风云从眼前呼啦啦地刮过，一晃十七个年头过去了。

　　去年，东海县文联王文岩同志从南京参加全国刘少奇与党的群众路线研讨会回来，告诉我，他向湖南省刘少奇同志纪念馆馆长罗雄同志介绍，我正在创作一部长篇儿童文学，反映当年刘少奇过苏鲁交通线，在东海县西朱范村、赣榆区大树村一带生活、工作了四个多月，教孩子识字，成立儿童团，帮助当地政权减租减息。罗雄同志显示出了极大兴趣，想看稿子，并要给予一些帮助。这真是一桩好事。湖南是刘少奇的故乡，这像一把火点燃了我的激情，放下案头上的文稿，投入这本书的大幅度的修改。我做什么事情，都是一个样子，一旦投入，就全身心地扑上去。我加班加点修改，每天早上五点钟打开电脑写作，中间休息半小时，一直写到中午；下午三点写到七点，晚上睡觉也不踏实，常常翻身起床，写到次日。

如何艺术地表现刘少奇在苏北的生活、工作及战斗的经历，成为我创作中思考最多的问题。这本书里，刘少奇所处的环境是真实的，生活、工作和一些细节都是真实的，主要场合的讲话也是真实的，都是根据地方党史资料剪裁、提炼、取舍而来。我在西朱范村采访了不少人，到大树村重走了刘少奇走过的乡村土路，参观刘少奇工作、生活过的房屋，获得了大量历史资料，使我能够写出英勇的小王叔叔、肖队长、小和尚、卞小兰。

刘少奇在赣榆区大树村住的时间较长，但我没有把他放在那里去写，主要考虑离陇海铁路太远。比较一下，西朱范靠铁路近些。如果没有铁路，生活中的刘少奇离开西朱范村、大树村时，那跳过铁路、丈量铁路两侧路沟的内容就没法写了。

还要说到罗雄同志。今年7月，在沈阳要举行"刘少奇与党的白区工作学术座谈会"，罗雄看了《刘少奇过苏鲁交通线》书稿，给予充分肯定，并向刘少奇思想生平研究会推介我的书稿，并积极推荐我参加沈阳座谈会。沈阳会议上，我见到了罗雄，他热情、豪爽、乐于关心和帮助他人，把我介绍给来自全国各地的专家学者，促进了对书稿的进一步修改和审批、出版。罗雄还帮助联系了刘少奇的儿子刘源将军、刘丁先生，题写书名和作序，让书愈加完美起来。

刘少奇思想生平研究会的领导也给予了许多帮助。

这部书稿将要定稿时，罗雄局长又邀约我去刘少奇同志故乡湖南花明楼镇，参观学习刘少奇革命奋斗的一生。当我在雨中向刘少奇同志塑像敬献花圈时，仰望着一代领袖，仿佛看到他在苏鲁交通线上为中国革命事业日夜操劳、辛苦奔波的身影，不由心潮涌动，感情澎湃，肃然起敬。雨越下越大，我不知道头发湿了，身上湿了，任凭雨水在脸上流淌。我倍感荣幸，写了一部反映刘少奇同志在冰河铁马岁月里的战斗生活的儿童文学作品，领袖的思想和情操深深地陶冶着我……

作　者

2014 年 8 月　海州河滨花园家中